古籍中的女性

蔡康◎著

序

在中国古典文学名著中,除《红楼梦》外,对女性大都采取贬低歧视的态度。这一方面反映了当时的社会风气,另一方面也说明这些文学大师的妇女观是落后的,至少没能像他们在其他领域取得的成就那样站在了时代的前列。中国封建社会之所以这样漫长,原因众多,但对女性一以贯之的偏见和歧视,无疑是阻碍社会朝正常健康方向发展的一个重要因素。在对待女性这个问题上,作为知识精英和社会良知代表的文学家尚且如此,你还能对那个时代和社会要求什么?这是中国女性的悲哀,也是中国文明史的悲哀。

有一个翻译《水浒传》的西方学者,曾在一篇文章中说,他敬佩武松的勇猛,但决不喜欢武松这个人。他说他无论如何弄不明白在"血溅鸳鸯楼"中,武松为什么要杀那两个无辜的丫环,凭什么杀她们?难道多喝了几杯酒就可以视无辜的年轻女性为草芥?如果说杀潘金莲是为了替武大报仇,杀"后槽"是为了铲除可能会对自己造成不利的隐患,那么杀两个手无寸铁既与武松无仇也不可能对武松构成任何威胁的年轻女性,只能说明武松不配当一个英雄。

我不知道长眠地下的施耐庵或罗贯中在听了这一番议论后将作何感想，但有一点是毫无疑问的，那就是那两个丫环在作者眼里绝对是无足轻重的，她们的生存或者死亡大概不会比一匹战马或一棵柳树来得更重要些。作者大概也绝对想不到有人会对武松顺手杀了两个丫环因而配不配当英雄提出疑问。

东西方的妇女观存在着差异是有目共睹的事实，而东方的妇女观随着时代的发展也在发生深刻的变化。我们不能苛求先人，也不能要求施耐庵、罗贯中们登上曹雪芹的高度。时代的局限用在这里确实不是一个遁词或一块遮羞布，而是一个谁也无法否认的客观存在。

读中国古典文学，包括其他古籍，你会强烈地感受到这是一个男人的世界。但在这个男人世界的不起眼的角落里，还是留下了一些女性的身影和声音，虽然她们大都站在被男人遮住了阳光的阴影中，脸色苍白，声音嘶哑，形象扭曲，即使美丽无比也只能是倾国倾城的红颜祸水。鲁迅对此曾反讽说："中国的男人，本来大半都可以做圣贤，可惜全被女人毁掉了。商是妲己闹亡的；周是褒姒弄坏的；秦——虽然史无明文，我们也假定他是因为女人，大约未必十分错；而董卓可是的确给貂蝉害死了。"（《阿Q正传》）然而，也正因为她们悲剧性的存在和社会性的宿命，才使古籍中的这个男人世界诞生了这么多令人津津乐道而又啼笑皆非的故事，产生了这么多符合当时标准却让后人难以苟同的英雄好汉和帝王将相。

目录

MULU

貂蝉的凤仪悲歌

1

貂蝉是何出身向来是一个谜。

《三国演义》中关于貂蝉的来历只有"自幼选入府中"一句，没有别的介绍。不过仔细分析一下，还是能找出一些蛛丝马迹和来龙去脉。说是"选入府中"，这"选"大概与宫廷选美有所不同，不是强迫所致。既然不是强迫所致，那么"选入府中"为奴为婢为伎者，一定是到了山穷水尽的地步而甘愿卖身入府的。以此推断，貂蝉的家境不会太好，至少那时已到了穷困潦倒的境地。

从貂蝉本身的气质来看，她很可能是出自歌伎之门或败落之家。当然，"歌舞"是入府后学的，但要想成为其中的佼佼者，其素质无疑是天生的。另一种"三国"版本在此处加了两句，说貂蝉"歌舞吹弹，一通八达；九流三教，无所不知"（见浙江古籍出版社 1992 年版《李笠翁批阅〈三国志〉》）。从貂蝉后来在董卓与吕布之间所施的手段和游刃有余的表现来看，她对社会上的三教九流各式人等，确是无所不知的。但她既是自幼选入，充当王允府中的歌伎，就不可能像在酒楼歌坊中那样广泛接触社会上的三教九流，而且她"色伎俱佳"，因此把她视为女儿的王允

大概也不肯轻易让她同外人接触。换句话说,年方二八(《李笠翁批阅〈三国志〉》中为十八,大了两岁。从她的人生经验和老练程度来看,十八比十六更可信些)的貂蝉,聪明归聪明,但毕竟是自幼生活在重宅深府中的家伎,“歌舞吹弹,一通八达”尚有可能,“九流三教,无所不知”就令人费解了。然而,如果我们把她看作出身歌伎之门,从小耳濡目染,“惯看秋月春风”,所以不仅能“一通八达”,而且会“无所不知”,这就显得顺理成章了。

当然,另一种可能是家境败落,无以为生,或无人抚养,只能卖身入府。而这个败落的过程最能体味世态炎凉,貂蝉从而早熟,从而精明,从而懂得人情世故和种种手段。她深夜在花园长叹,被王允撞见,这事如果是巧合,那么她的回答却绝对是经过深思熟虑因而显得从容不迫:“妾蒙大人恩养, 训习歌舞,优礼相待,妾虽粉身碎骨,莫报万一。近见大人两眉愁锁,必有国家大事,又不敢问。今晚又见行坐不安,因此长叹。”作为家伎,能博得府中最高当权者王允的欢心就是最大的成功。因此这番话即使不是出自真心,也能让以为貂蝉有了“私情”而发怒的王允听了立即转怒为喜视作知音。何况,“今晚又见(王允)行坐不安”,所以这巧合本身就有可能是貂蝉为了进一步博得王允的欢心而故意安排的。

王允能把一个歌伎视作女儿而备加宠爱,究其原因大概有两点:一是貂蝉本身的丽质和聪慧,二是王允有可能知道其出身不俗。试想,王允作为朝廷重臣,能不顾礼教和面子,自作多情地把一个歌伎视作女儿么?而且即使是亲生女儿在那时也未必能得到父亲的“优礼相待”。还有,貂蝉十分干脆且坚决地接受了这个以自己一生命运为代价的重任,一方面是为了报答王允的养育之恩，另一方面也表现出对朝廷当权者的刻骨仇恨。而自幼入府过着相对安定生活的貂蝉似乎不会有如此切齿之恨，除非她的家庭曾遭受过种种倾轧和迫害，抑或亲人死于非命，因此才有难以消除的切肤之痛和报仇雪恨的无畏心愿。这也从另一个角度说明她有可能出身于败落之家。

2

作为一部小说，其人物命运无疑是由作者安排的。但作为历史上可能确有其人（不一定叫貂蝉）的貂蝉，如果那天没有与王允在花园夜遇，如果有了花园夜遇而王允没有使连环计的意图，那么命运又会怎样呢？

虽然在王允府中衣食无忧，但貂蝉到了一定的年龄就不可能不考虑自己的将来和这一生的安排。在当时的社会照正常情况发展，貂蝉被王允纳妾的可能性极大。年龄的落差在这里不构成任何障碍，只要王允愿意，随时都能“娶”了貂蝉。而对一个家伎来说，被纳妾便是最理想的归宿，因为这是改变地位和处境的最稳妥也最自然的一条捷径。

面对美貌而又聪明的貂蝉，王允“优礼相待”仅仅是因为视其为女儿，还是从内心深处早就没把她看成是一般的家伎而另有企图？是出于真心诚意的爱护，还是为了掩府中人包括“妇妾”的耳目和口舌而“视”作女儿？在想到使连环计以前的许多日子里，王允精心培养貂蝉的目的大概不单单是为了让貂蝉为自己“歌舞吹弹”一辈子吧。

花园夜遇，但闻叹吁，王允首先想到的就是貂蝉有了私情，

貂蟬的鳳儀悲歌
花園裡，除了貂蟬自己
說的原因外，是不是還
夾帶著生不逢時的危
嘆，和無以寄情以及無法
把握自己命運的因素
庚寅年春二月時值春分
植菊軒主聖飛於南江北路

陳聖飛

司徒妙算托红裙不用干戈不用兵
三戰虎牢徒費力凱歌却奏鳳儀亭
嵗次乙丑年冬月

并为此怒不可遏。王允如此看重貂蝉的“纯洁”，原因是什么？是为了男女之大防，还是有着更深一层的担心和打算？既然把貂蝉当成了女儿，那么年已“二八”的貂蝉总有一天是要嫁人的，王允也总有一天会有一个接受貂蝉私情的“女婿”。如果是这样的话，那么王允发怒的原因只是预先不知的“私下之情”与得到首肯或通过媒人的“公开之情”的差别，而不是情本身。

然而，貂蝉毕竟不是王允的女儿，王允就是再仁慈大概也不会把一个尽管是出类拔萃的家伎等同于自己的亲生女儿，并给予其终身命运的周到考虑和妥善安排。换一个角度来看，貂蝉在王允眼里始终只是一个供其驱使的家伎。既然如此，王允时刻担心貂蝉另有“私情”，并为此大动肝火，其动机和原因也只有王司徒自己心里明白了。

自幼生活在府中的貂蝉大概也知道自己今后可能的归属，并清楚王允最不能容忍的是自己另有私情，所以在王允面前需要保持彻底的心与身的纯洁：“贱妾安敢有私。”

但王允毕竟已是一个老人，既然他曾把貂蝉视作女儿，这就给了貂蝉今后可能会有另一种命运的希望，那就是以王允义女或养女的身份另嫁他人。只是生活在足不出户的府中，除非王允安排，否则貂蝉能寄予“私情”的机会实在是太少了。

花园夜叹除了貂蝉自己说的原因外，是不是还夹带着哀叹生不逢时和无以寄情以及无法把握自己命运的因素？王允一声断喝，“贱人将有私情耶”，也许不是无的放矢，而貂蝉的“惊跪”是不是说明被王允点破了心境？还有貂蝉口口声声说“蒙大人恩养”，这就把王允与自己摆到养与被养的两代人的关系和位置上，其中的潜台词是不是希望王允把自己真正当成女儿而恩准另谋幸福呢?

3

根据《三国演义》的叙述,在貂蝉说“倘有用妾处,万死不辞”的时候,她并不知道王允会想出连环计,而且把她当成整个阴谋的牺牲品。一旦清楚了自己将要去干什么,从貂蝉的内心来说大概并不情愿去干这肮脏的勾当和冒险的交易,因为不管事情成功与否,对她来说都意味着是一种牺牲。但王允既然把这件事提到“汉天下却在汝手中”这样的高度,为了报答王允的养育之恩,就是明知是火坑也只能纵身跳入了。何况王允是“叱出妇妾”,跪下求她的,而她自己也曾说“妾许大人万死不辞”,因此这时断没有收回成命的可能。不过从她“曾言”、“妾许”的话里,多少能看出一言既出驷马难追的无奈,而且貂蝉也知道,王允一旦把这事关“汉天下”的阴谋告诉了她,如果拒绝,那等待她的会是什么。

根据整个连环计的安排,貂蝉与董卓短暂相好后,董卓将死于非命,而貂蝉将归吕布所有。那么从长远来看,对貂蝉而言吕布将是更为重要的,因为将要托付终身。虽然吕布已有严氏,貂蝉的地位仍然是妾,但凭貂蝉的美貌与手腕,想要赢得吕布的宠爱并把他紧紧抓在手里,大概是能够办到的。

另一方面,吕布作为年轻英俊武艺高强的将军,对一直只能围着老王允转的貂蝉来说,毕竟也有一定的吸引力,而且事情到了这一步,貂蝉已别无选择,即使计谋正好相反,是杀吕布而归董卓,貂蝉也只能与大腹便便的董卓共度人生了。好在吕布毕竟年轻英俊，“骁勇异常”。因此，在王允眼里是“好色之徒”的吕布，在貂蝉看来却是完成连环计后唯一能依靠的希望所在，所以貂蝉会对吕布这样说：“自允将军，许待箕帚（即做婢妾），妾已生平愿足。”这话一方面是出于完成计谋的需要，另一方面也是貂蝉真实心态的直接表露。因为不管事情成功与否，一旦出了王允府，王允是再也顾不到她了，今后的一切只能靠她自己努力和运气了。

事情进展得十分顺利和巧妙，一切都在最初的策划与预料之中，吕布与董卓开始反目。这当然得归功于貂蝉周旋于男人之间的高超本领。然而，随着事态的发展，貂蝉有了一次重新选择的机会。首先，董卓是真心喜欢她，能为她“月余不出理事”。其次，当谋士李儒劝董卓“以蝉赐布”时，董卓说：“汝之妻肯与吕布否？”把貂蝉以“妻”视之。还有，董卓曾当面向貂蝉保证，“吾为天子，当立汝为贵妃”。这对歌伎貂蝉来说，是这辈子所能得到的最高地位了。

一个封建时代的女子，面对如此迷人的前景能摆脱诱惑确实需要非凡的勇气和超人的意志。换一个角度看，貂蝉不为显赫的可能并不长久的地位所动，也反映出她追求的不是一时的荣华富贵，而是为了寻找一个安定的生活归宿和真正的终身伴侣。

经过貂蝉的努力，王允的连环计是不折不扣地完成了。董卓死了，不过汉天下并没有因此变得安定，仍是群雄纷争，战火四起。假如为此付出了沉重代价的貂蝉听到“司徒妙算托红裙，不用干戈不用兵；三战虎牢徒费力，凯歌却奏凤仪亭”这样的曲词时，不知将作何感想。

4

董卓死后不久，王允也被人杀了。吕布几经征战，最后只带着有限的人马困守在弹丸之地小沛。很快被人遗忘的貂蝉这时只能跟定吕布以求一隅之安。吕布“及后上沛时，又娶曹豹之女为次妻”，共有“两妻一妾”。也就是说，歌伎出身的貂蝉不管是先进门还是后进门，地位永远只能是妾，而且“无所出”，母为子贵的希望也彻底破灭，剩下的只有趁人未老珠未黄之时博得一点宠爱和欢心。

当吕布在下邳处于四面楚歌的时候，陈宫献计让吕布带部分兵马“出屯于外”，形成“犄角之势”，保住这最后一块落脚之地不被攻陷。但吕布因严氏反对他外出，“愁闷不决，入告貂蝉。貂蝉曰：‘将军与妾作主，勿轻身外出。’”这是生死存亡的关键时刻，带兵外出是求生存的唯一办法。貂蝉却一反原来敢作敢为深明大义的个性，悲悲切切地要求吕布“与妾作主”，目光短浅地希望吕布“勿轻身外出”。这与前面貂蝉留给读者的印象简直判若两人。

是什么原因造成貂蝉有如此大的转变，抑或是作者的疏忽？其实貂蝉还是原来的貂蝉，正像她不愿跟董卓是为了得到安定的归宿和长久的恩爱，此时的貂蝉已被残酷的政治军事斗争吓怕了。她早已明白汉室不是她貂蝉的汉室，社稷也不是她貂蝉一人的社稷，她现在唯一企盼的只有与吕布长相守，即使地位低下也在所不惜。而吕布的每一次外出都意味着与她永别。貂蝉是再也经受不起这种致命的打击了，所以加倍珍惜眼前时光的貂蝉这时同严氏一样只能说出这种完全是“妇人之见”的话来,从而毁了吕布也毁了自己。

凤仪亭奏凯歌的貂蝉与下邳城葬送吕布的貂蝉,是同一个人,是同一个人在不同处境下的两种状态。这种截然相反的个性结合在一起,看似矛盾,实际上恰恰是写出了一个真实的人。貂蝉毕竟只是一个歌伎,尽管聪明美貌,但也有其局限。

关于貂蝉后来的情况,书中只有一句话,吕布死后,曹操将“吕布妻女载回许都”。这妻女也包括貂蝉在内。作为败将的妻室,到了许都后的处境可想而知,尤其是作为妾的貂蝉,一旦失去了宠爱她的吕布,在严氏门下生活那将是艰难的。因此到了许都后摆在貂蝉面前有三条路:一是忍气吞声跟严氏生活,但以她的个性大概很难维持长久。二是另嫁他人,虽然董卓和吕布之事会让她背上沉重的黑锅,使某些人避之唯恐不及,但不管怎样,她总是一个有名的美人,所以想娶她的人肯定是有的。三是重操旧业,继续当歌伎。

然而,无论走哪条路,貂蝉这一生注定是一场悲剧。

孙尚香的误入情囊

1

《三国演义》中贵为郡主的孙权之妹孙尚香(书中只以孙夫人相称,“尚香”是其字),虽然是一言九鼎的吴国太的掌上明珠,虽然“严毅刚正,诸将皆惧”,却始终生活在骗局之中,那些尔虞我诈的阴谋诡计不但葬送了她的青春,也毁了她的一生。

特殊的生活环境和显赫的社会地位,使意气风发的孙尚香或许会“志胜男儿”,有自己的抱负与追求,但人生的必修课同普通人一样是无法绕开的,用吴国太的话说便是“男大须婚,女大须嫁”。话虽这样说,但把这唯一又“甚爱”的女儿嫁与何人,吴国太并没有什么高明的想法。在择夫这件事上,吴国太向来缺乏主见。她自己当年就拿不定主意嫁给谁,看姐姐嫁给了孙坚,她索性也跟着嫁了过去,而这稀里糊涂的选择还真让她撞着了大运。后来她姐姐死了,她也就名正言顺地成了东吴最具影响的老祖宗——国太。

不过,这也怪不得吴老太太。东吴的辖地虽有六郡八十一州,而能与郡主高攀的人确实不多,不是门第欠缺,便是地位不够。当然,大都督是可以的,但现任大都督周瑜已与孙策平分秋色娶了曹操都垂涎的乔氏姐妹;后任大都督陆逊还小了点,至少那时还名不见经传，进入不了吴国太们的视线。因此宣称“若非天下英雄，吾不事之”的孙尚香，平时只好“常令侍婢击剑为乐”。

偏偏这时，刘备的妻子甘夫人死了(刘的另一妻子糜夫人已在长坂坡投井身亡)，似乎不可一日无妻的刘备正“昼夜烦恼”。于是，同孙权一样时时惦记着被刘备“借”走的荆州的周瑜，便想到了尚未出嫁的连襟小妹孙尚香。周瑜想用她来作诱饵，把刘备悄悄地“赚到南徐，妻子不能勾(够)得，幽囚在狱中”，以此作为要挟来换回荆州。没想到这个用周瑜丈人乔国老的话说是会“被天下人耻笑”的阴谋，居然很快得到了孙尚香同父异母哥哥孙权的赞同，他迫不及待地派手下吕范去荆州提亲说媒了。

其实，要“赚”刘备到东吴，用大乔更有吸引力，因此也更有把握。大乔的美貌早已天下闻名，且丈夫孙策已死，正寡居在家，另嫁英雄豪杰不但顺理成章，并且对刘备的吸引力也更大。而娶孙尚香刘备多少会觉得有点不妥：“吾年已半百，鬓发斑白；吴侯之妹，正当妙龄，恐非配偶。”如果换了大乔，刘备肯定不会说恐非配偶了。三国时期，娶寡妇似乎没有什么心理障碍，尤其是美名在外的寡妇，只要不是身负离间使命的间谍就成。《三国演义》里这方面的例子比比皆是。就是刘备，后来不也娶了刘瑁的寡妻吴氏并堂而皇之地把她封为皇后了么？因此，尽管大乔已嫁过孙策，对刘备来说也是求之不得的最佳人选。对此，刘备和曹操肯定是“英雄所见略同”的。

那么，一心想夺回荆州的周瑜为什么不想到最佳人选大乔，或者想到了却偏偏要提出孙权之妹孙尚香呢？原因大概有这样几点：首先，孙策是孙权的哥哥，也是他周瑜的大连襟，由他提出把大乔嫁给刘备，无疑是对逝者和生者的大不敬，而且孙权也未必会同意。其次，这虽然是一场骗局，但一不小心也可能弄假成真。而一直瞧不起刘备恨不能擒而杀之的周瑜，从心底里不想与之结成连襟，哪怕仅仅是计谋中的联姻，更不想让刘备拥有东吴最值得骄傲的美人。再者，一旦计划失败或阴谋泄露，知道是他周瑜出的主意，白惹了一身膻的大乔不会原谅他，妻子小乔估计也不会原谅他。出于这种种考虑，细心的周瑜只能提出虽然也是亲戚但关系相对远一些的孙尚香了。

吕范赶来说媒，诸葛亮明知是"周瑜之计"，却竭力怂恿刘备去东吴招亲，还自作主张地让孙乾跟着吕范去东吴"说合亲事"。对此刘备是犹豫再三，既想得到妙龄妻子，又害怕去了被囚或被杀，最后抵挡不住诱惑，还是硬着头皮战战兢兢地去了。

当刘备带着赵云及五百军士踏上东吴的首府南徐时，孙尚香同她母亲吴国太一样根本不知道有人要来提亲了，更不知道这是一场以她为诱饵并以损害她名誉为代价的骗局。当然，周瑜和孙权的本意是要让这事悄悄地进行，知道的人越少越好。谁知，将计就计的诸葛亮交给赵云的第一个锦囊妙计就是要他们大肆招摇，"随行五百军士，俱披红挂彩，入南徐买办物件"，又四处张扬，说刘备入赘东吴，让"城中人尽知其事"。同时，刘备"牵羊担酒"去贿赂在东吴极有声望和地位的"二乔之父"乔国老。生性好事且拿了人家手软的乔国老于是兴冲冲地来向亲家母吴国太道喜了。

事情至此，周郎的"妙计"已朝弄假成真的方向发展了。

当时周瑜不在南徐而在柴桑。如在的话，以周瑜的急性子，

很可能刘备一踏上东吴的地盘就被抓起来了，至少会被软禁。怎么能让刘备和随行人员到处招摇，而且不加阻拦地让他去拜访自己多事的老丈人呢？周瑜的计划是只要把刘备"赚"到南徐就成了，因为本来就没打算让他娶孙尚香，所以接下来的事情根本就不该让它发生。但孙权不够果断，做事慢了半拍，于是诸葛亮的"锦囊"就充分发挥作用了。

听说此事大为吃惊的吴国太立即叫来孙权询问，孙权本来还想隐瞒，但见吴国太"捶胸大哭"，而且外面已闹得满城风雨，只得把实情和盘托出。吴国太一听更是怒不可遏，当着乔国老的面大骂远在柴桑的乔国老的女婿周瑜："汝做六郡八十一州大都督，直恁无条计策去取荆州，却将我女儿为名，使美人计！杀了刘备，我女便是望门寡，明日再怎的说亲？须误了我女儿一世！"乔国老劝吴国太说："事已如此……不如真个招他为婿，免得出丑。"但孙权心有不甘，硬想出一个理由反对说："年纪恐不相当。"然而吴国太不管这些，提出要见刘备一面："如不中我意，任从你们行事；若中我意，我自把女儿嫁他！"

其实，为了使女儿不做"望门寡"，吴国太是打定主意要把女儿嫁给刘备了，见一下只是形式，只要刘备不是缺胳膊少腿见不得人的怪物就行，何况择婿向来就不是吴国太的强项。

事情到了这一步，孙权再想杀刘备就难了，即使两廊伏满刀斧手也无济于事。

不出所料，吴国太一见刘备，不管对方是年过半百且两鬓斑白的老头，竟脱口而出："真我婿也！"看来，此时此刻要找个吴国太不中意的人，也难！

那么，对尚未登场一直蒙在鼓里的孙尚香来说，刘备是她想嫁的人么?

2

作为庶出,孙尚香在同父异母哥哥孙权的眼里向来无足轻重,更谈不上骨肉情深。这从周瑜提出用孙尚香作诱饵孙权当即表示赞同可以看出,也可以从后来孙权对蒋钦、周泰下的命令"汝二人将这口剑去取吾妹并刘备的头来"中得到印证。虽然孙尚香是东吴老祖宗吴国太的"甚爱幼女",但年迈的国太毕竟不能庇护其终身。因此她在东吴不管嫁谁,都很难消除这心中的阴影。从这个角度看,自封皇叔有雄才大略美誉敢与魏吴争天下,而且很有可能称皇成霸业的刘备,也许正是"志胜男儿"的孙尚香实现自己理想的难得的人选。

当然,在当时的社会条件下男婚女嫁父母有绝对的决定权,即使不愿意,也只得服从。因此吴国太看中了刘备,是根本不用同女儿商量并征求她本人意见的。

如果说此次婚事对刘备来说不是第一次也不会是最后一次,那么对孙尚香来说无疑是关系到一生命运的真正的终身大事。因此一旦知道母亲看中了刘备,孙尚香是全身心投入了,而且对婚事作了精心的准备和别出心裁的安排。

新婚之夜,刘备入洞房时"但见枪刀簇满;侍婢皆佩剑悬刀,立于两傍",吓得"魂不附体"。

刘备来东吴娶妻本来就"怏怏不安",甘露寺相亲,廊下伏着持刀握斧杀气腾腾的杀手;此刻入洞房又遇见佩剑悬刀虎视眈眈的侍婢,也难怪刘备要大惊失色了。

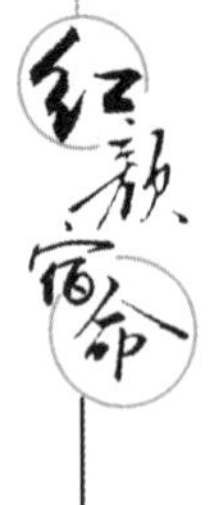

孙尚香的“管家婆”对刘备解释说:“夫人自幼好观武事,居常令侍婢击剑为乐。”但这是新婚之夜,不是平常无以为乐之时,即使“好观”也绝对不是时候。闪着寒光的刀枪毕竟与喜气洋洋的婚事是格格不入的。然而孙尚香为什么要这样安排呢?是为了向刘备显示自己平时不爱红妆爱武装的不凡,还是为了试试号称英雄的刘备的胆量,抑或是要小孩子脾气跟新婚丈夫开一个玩笑?

刘备冒着风险来东吴是为了娶同床共眠的娇妻,不是来寻助其霸业的武将,因此对孙尚香的这种爱好是一点都不喜欢,用他的话说是“非夫人所观之事”。

孙尚香听说刘备见了刀枪“甚心寒”,笑了:“厮杀半生,尚惧兵器乎!”其实刘备哪里是惧兵器,他不喜欢的是此时此刻摆弄兵器,他不喜欢的是妙龄妻子爱好兵器!

刘备真的娶了孙权之妹,让当初出此计策的周瑜恨得牙痒痒的,他给孙权写信说:“瑜所谋之事,不想反覆如此。既已弄假成真,又当就此用计。”将刘备“软困于吴中:盛为筑宫室,以丧其心志;多送美色好玩,以娱其耳目”。

此计无甚妙处,不料刘备偏偏中计了,他“被声色所迷,全不想回荆州”;“主公贪恋女色”,连跟去的赵云想见他都很难了。

霸业未成时不我待的刘备,竟会沉湎于灯红酒绿的温柔之乡乐不思归,实在让人想不到。是因为孙尚香的美貌聪慧把他深深吸引住了?

然而,孙尚香即使再美貌聪慧和有吸引力,还是摆脱不了男人们设下的圈套。这次骗她的是她的丈夫刘备,而骗刘备的是诸葛亮藏在锦囊中的“妙计”。刘备听赵云说荆州危急，从鸳梦中惊醒，急着要赶回去，但骗孙尚香说是想去“祭祀宗祖”。谁知赵云根据“锦囊”提示对刘备说的话被孙尚香听到了，刘备瞒不过只得从实相告，可话说得很漂亮：“备欲不去，使荆州有失，被天下人耻笑；欲去，又舍不得夫人。”刚刚揭穿刘备谎言的孙尚香无疑被这花言巧语感动了，说：“妾已事君，任君所之，妾当相随。”

其实，荆州此时什么事都没有。孙尚香又一次上当了。

孙权做事向来拖泥带水，刘备偕夫人出逃时，他偏偏又醉得不省人事，直到第二天才令陈武、潘璋追赶。谋士说有郡主在，陈潘两将即使追上“岂肯下手”。这下孙权急了，下狠心把所佩之剑交给蒋钦、周泰，让他们“去取吾妹并刘备的头来”。本来早就应该想到的事情偏偏要谋士提醒，而疏忽的代价是把宝贵的时间给耽误了。

也幸亏耽误了，否则真的杀了孙尚香，号称“大孝之人”的孙权在吴国太面前如何交待？总不至于像甘露寺伏刀斧手时把责任推给吕范、贾华一样，让蒋钦、周泰去承担责任吧？

孙权派出的前一批人马把刘备追上了，刘备眼看脱身无望，只得来求孙尚香：“昨闻吴侯将欲加害，故托荆州有难，以图归计。幸得夫人不弃，同至于此。今吴侯又令人在后追赶，周瑜又使人于前截住，非夫人莫解此祸。如夫人不允，备请死于车前，以报夫人之德。”

刘备是承认一个谎言又编造一番谎言，如孙尚香不答应，他真的会“报夫人之德”死于车前？

孙尚香即使再单纯，估计也不会相信这“报德献身”的鬼

话。她说“今日之危，我当自解”的真正原因是“我兄既不以我为亲骨肉，我有何面目重相见”，是“妾已事君”，只得“相随”！

既然孙尚香选择的是跟随刘备，那么周瑜的妙计也只能以“赔了夫人又折兵”而告终。

3

孙尚香到荆州后，好观武事击剑为乐的机会肯定是没有了，因此只能安下心来养刘备前妻的儿子阿斗，但骗局又一次找上门来了。

当时，刘备去了西川，孙权准备乘虚进攻荆襄，但吴国太反对，理由是：“今若动兵，吾女性命如何？”于是张昭对孙权献计说：“下一封密书与郡主，只说国太病危，欲见亲女，取郡主星夜回东吴。玄德平生只有一子，就教带来。那时玄德定把荆州来换阿斗。如其不然，一任动兵，更有何碍？”

此计的出发点是为了战事不危及孙尚香，但后果是孙尚香从此与丈夫天各一方再也无缘相见了。

国太年事已高，病危确有可能。东吴来人专报，不由孙尚香不相信；说是“教夫人带阿斗去见一面”也是情理之中的事情。然而船没离荆州，就被赵云赶上了。赵云问：“主母探病，何故带小主人去？”阿斗是赵云从长坂坡拼死救出的，因此特别在意。孙尚香回答：“阿斗是吾子，留在荆州，无人看觑。”但赵云坚持不放行，孙尚香火了：“量汝只是帐下一武夫，安敢管我家事！”此话很有分量，但赵云偏偏敢管主公“家事”，他推倒前来“揪捽”的侍婢，从孙尚香怀中把阿斗夺了过去。

当初在东吴，作为郡主的孙尚香尚有斥退武将的威严。现在在荆州，作为地位远高于郡主的主母，孙尚香却没有震慑刘备手下的能力了。不但赵云敢于“无礼”从她的怀中抢夺阿斗，而后赶到的张飞竟砍倒东吴的信使周善，并粗暴地把血淋淋的人头“掷于孙夫人前”。

孙尚香是孙权的妹妹，不是孙权争天下的同伙，一心跟随丈夫的她根本不会有扣押刘备儿子的想法，顶多只是带阿斗去自己母亲处炫耀一番。应该分得清孙权与孙尚香区别，并知道她在关键时刻救过刘备的赵云和张飞怎能这样对待她呢？

面对如此蛮横粗暴的凶神恶煞，势单力薄的孙尚香除了以死相胁：“若你不放我回去，我情愿投江而死！”还能有什么办法呢？

最后，为探望“病危”母亲的孙尚香乘东吴派来的船回去了，但刘备手下人如此“粗暴无礼”，根本没把她这个主母放在眼里的屈辱是再也无法从她的心头消除。此时此刻，船外是江水滔滔，船内大概是泪水涟涟了。

孙尚香回东吴后再也没有回来，或者说是再也没法回来。她和刘备以骗局始至骗局终的婚姻就这样名存实亡了。

虽然，仍把她作为政治筹码的孙权在杀了关羽后担心刘备的大举进攻，曾主动提出把妹妹送还给刘备。但时过境迁，已娶刘瑁寡妻吴夫人的刘备不为所动，坚持攻打东吴，直至被陆逊火烧连营七百里，兵败猇亭，尔后在白帝城病故。

这是一场在错误的时间错误的地点进行的错误的战争。对孙尚香来说，她不想看到任何一方战败，因为任何一方战败都对她不利。但她担心的事情还是无情地发生了，蜀兵战败，而且

孫尚香縱使再美貌聰慧和志存高遠還是擺脫不了男人們設下的圈套

歲次庚寅年春月

甜雨軒主亞飛并記

陳亞非

孫尚香的錢入情囊

听说刘备已死于军中。其实刘备当时并没有死，那消息只是为了动摇蜀兵军心的“讹传”流言。然而孙尚香不知道，她只知道“蜀营一应粮草器仗，尺寸不存。蜀将川兵，降者无数”。蜀军一败涂地，作为主帅的丈夫完全有可能在兵败如山倒时“死于军中”。万念俱灰的孙尚香于是“驱车至江边，望西遥哭”。

孙尚香为刘备死于非命痛哭，更为自己不幸的遭遇痛哭。从今往后，她该何去何从？作为刘备的遗孀，她留在东吴的日子不会好过。能给她庇护的母亲吴国太已死，向来没把她当亲骨肉的孙权因她曾帮助刘备脱逃而视她为东吴的异己，说不定哪天又会把她当作筹码打发出去。如去蜀中，谁还会承认并收留她这个曾经的“主母”呢？就是刘备还活着的时候，那些人也没把她放在眼里，何况现在刘备已死；而且有正式封为皇后不久将成为皇太后的吴夫人在，她去不是自讨没趣自取其辱么？

孙尚香自从跟刘备离开东吴后，一直没有得到她应得的地位。即使在刘备死后的夫人分封加谥中，也没有孙尚香的哪怕仅仅是虚名的封号。如果说后主刘禅初登帝位有所疏忽，那么办事从来都是滴水不漏的诸葛亮在“尊皇后吴氏为皇太后；谥甘夫人为昭烈皇后，糜夫人亦追谥为皇后”时，为什么偏偏就没有给孙尚香一个名分呢？是因为她是刘备死对头孙权的妹妹？可当初怂恿刘备去东吴娶孙尚香的也是他诸葛亮啊！

驱车江边望西遥哭的孙尚香对自己今后的处境是清楚的。当初回东吴后，她还抱有与刘备团聚的一线希望，现在刘备死了，这希望也就成了绝望。

在经历了无数骗局后梦想彻底幻灭的孙尚香，只能以死来证明自己“志胜男儿”的刚烈。如果说生无法掌握自己的命运，那么死便是她唯一的一次对自己的把握,尽管她“投江而死”的直接原因仍是缘于别有用心的“讹传”流言。

杜十娘的明眸黯珠

事事工于心计的杜十娘偏偏在最需要仔细谨慎的地方疏忽了，把终身托付给了不该托付的人。铸此大错纵然有价值万金的百宝箱，也只能遗恨千古了。

小杜媺为何入行院成了名姬杜十娘，冯梦龙的《警世通言》里没有交代，只说是“误落风尘花柳中”。她十三岁开始接客，七年之中阅人无数，就是公子王孙也“不知历过了多少”，却缘何单单看中了李甲并不惜以终身相托呢？

作为国子监的学生，李甲并不是靠自己的真才实学考上来的。书上说得明白，当时朝廷“兵兴之际，粮饷未充，暂开纳粟入监之例”，于是在南方当布政使的李甲的父亲把“未得登科”的儿子“援例入于北雍”，李甲靠父亲“纳粟”成了保送的太学生。

进京后李甲不好好在国子监读书，仗着父亲给的一些钱去“游教坊司院”，因此与名姬杜十娘结识了。

同各式人等打交道的杜十娘对国子监包括其间充斥着不学无术的“宦家公子、富室弟子”的情况应该是知道的，这从她后来骗孙富说箱内有“李郎引路一纸”中可以得到印证。“引路”是国子监准许学生回籍的证件，不了解国子监的情况，如此专业的术语怎能脱口而出？由此可见，与李甲相交一年有余并准备托付终身的杜十娘，对李甲的身份背景志趣志向是清楚的。

既然李甲也是不思进取游手好闲的纨绔子弟，杜十娘为何还对他情有独钟？是因为李甲“迷恋十娘颜色”，“把花柳情怀，一担儿挑在他(她)身上”，且“撒漫用钱”的缘故？但这跟那些公子王孙对杜十娘“一个个情迷意荡，破家荡产而不惜”有什么本质区别呢？抑或是因为李甲有“俊俏庞儿，温存性儿，又是撒漫的手儿，帮衬勤儿”？

如果说公子王孙那高贵的门第行院女子无法跨越，难免重蹈“始乱终弃”的覆辙，那么已拥有一辈子吃穿不愁财富的杜十娘对商贾富豪同样不感兴趣，更不想把终身托付给这样的人。因为对“家资巨万”的主儿来说，不会太在意从良之人是不是有“百宝箱”，也不会因有“百宝箱”就对风尘中人另眼相看。而对一个温柔体贴却囊中羞涩的书生来说，这不下万金的“百宝箱”也许正是误入风尘但不甘沉沦的杜十娘证明自己能力体现自身价值，从而赢得长久敬重和爱慕的最好资本。

杜十娘之所以百里挑一千里挑一地选中李甲，是因为李甲正好符合杜十娘的这些内心要求和外在标准。难怪李甲“手头愈短”，杜十娘“心头愈热”。

然而，因拥有百宝而显得从容与不凡的杜十娘，也因拥有百宝而变得幼稚和盲目，从而对李甲的另一面——自私、胆怯和愚蠢视而不见，天真地循着心造的“如意郎君”幻影，一步步走向自己安排的以为是康庄大道的万丈深渊！

其实，刚强不足懦弱有余的李甲不是杜十娘可托付终身之人的征兆早已预示，只是“甚有心向他”的杜十娘浑然不觉罢了。如当初杜十娘表明自己有“从良之志”时，“奈李公子惧怕老

爷，不敢应承”，这也就是说担心家庭反对的李甲根本没有把杜十娘娶回家的信心和想法。连纯粹是为了使热切企盼和向往中的杜十娘不至于太失望的应付或安慰的“应承”都“不敢”，你还能指望他接下来在实际行动中做出努力付出代价？但这并没有引起杜十娘的警惕和警觉，她仍一厢情愿地根据自己的计划设计着未来人生。

几乎以行院为家的李甲靠父亲给的一些读书费用毕竟难以支撑风月场的开销，终于“囊箧渐渐空虚，手不应心”了，但他仍赖着不走，于是鸨儿只好叱骂处处护着李甲的杜十娘：“我们行院人家，吃客穿客，前门送旧，后门迎新……自从那李甲在此混帐一年有余，莫说新客，连旧主顾都断了。分明接了个钟馗老，连小鬼也没得上门，弄得老娘一家人家，有气无烟，成什么模样！”

“贪财无义”的老鸨翻脸不认人是意料中的事情，其实这也正是杜十娘等待和寻找的脱身机会。早有打算的杜十娘三言两语就套出了老鸨的承诺：“若是别人，千把银子也讨了。可怜那穷汉出不起，只要他三百两，我自去讨一个粉头代替。”接着杜十娘又用激将法让老鸨说出这样的话：“若翻悔时，做猪做狗！”

对付老鸨，杜十娘是绰绰有余。这几年积攒了不下万金的百宝，老鸨竟一无所知；尔后把百宝成功地转移至姐妹处，老鸨也毫无觉察。可见貌似精明厉害的老鸨根本不是手段高明的杜十娘的对手。但对李甲，杜十娘十分迁就，知道李甲“囊空如洗”，便出主意让他去亲友处借贷。谁知没用的“李公子一连奔走了三日，分毫无获”。这让杜十娘颇感意外：“郎君果不能办一钱耶？”没办法，杜十娘只得拿出一百五十两银子交给李甲：“三百金，妾任其半，郎君亦谋其半，庶易为力。”跟人从良自付赎金毕竟有失面子，就是娶一个自由身的女子不也要下些聘礼？但事到如今，杜十娘只好退而求其次，让李甲与自己各出一半共同努力了。

要不是李甲的同乡学友柳遇春被杜十娘所感动：“此妇真有心人也。既系真情，不可相负”，鼎力相助，剩下的那一百五十两银子李甲也根本无法筹措。其实，三百两银子对杜十娘来说是区区小数，而她坚持让李甲去想办法，还把由她承担的一百五十两兑成好不容易凑齐模样的碎银子，是怕走漏有钱的风声造成老鸨变卦，还是想最后试探一下李甲的诚意，抑或为了到时给李甲一个意外的惊喜？从书中的情节来看，杜十娘是准备一点点地把钱拿出来，动身之时先给李甲二十两作为“车舟之类”的行资，尔后在船上又给李甲五十两作盘缠，接下来大概还需支付在苏杭暂住的生活费用。杜十娘至少在此时还不想让李甲知道她拥有的巨大财富，以及她的最终计划：“箱中韫藏百宝，不下万金。将润色郎君之装，归见父母，或怜妾有心，收佐中馈，得终委托。”

然而，这也只是杜十娘一厢情愿的打算。三年清知府，十万雪花银。作为布政使的李甲的父亲可能爱财，但肯定更爱面子：闻知儿子在京城“嫖院”他不是暴跳如雷了么？所以杜十娘的财富虽然能让徒具监生虚名的李甲有模有样地荣归故里，但要让“位居方面”自以为道德楷模的李布政接纳一个行院女子是万万不可能的，即使其有不下万金的用血汗和尊严换来的百宝。

李甲不知道杜十娘有百宝箱，因此对杜十娘的“侨居苏杭，流连山水”的打算毫无兴趣，用他的话说是“你我流荡，将何底

代俠依天地留永恒的嘆息

歲次庚寅春月書於張有軒主畫并記

自殺之人往往選擇獨自悄悄
踏上不歸路但杜十娘偏偏
願意在眾目睽睽之下把
一切有價值的東西
撕碎了縱一躍
她用自己
生命
的

止”。原本对携手同归就信心不足的李甲尚未过江已忧心忡忡，两情相悦长相守的欢乐转眼就成了不堪重负的包袱。这场曾“海誓山盟”的恋情至此已显露出有始无终的悲剧色彩。如果说孙富的“巧为谗说”是这场悲剧的偶然外因，那么李甲对未来的悲观以及踏上归途后想摆脱杜十娘的潜意识便是这场悲剧的必然内因。

其实，杜十娘这一路从容的安排已显示了她胸有成竹的底气。她随便“在箱里取出一个红绢袋来，掷于桌上道：‘郎君可开看之’。”李甲一数，正好是五十两银子。如果是别人所赠，应该杜十娘自己先数啊，因为想尽快了解所赠之物包含的礼义轻重是人之常情。而杜十娘的举动分明是取己之物，至少对红绢袋里的内容及数量已了然于胸。还有，如果是捉襟见肘穷途末路，对这有可能解燃眉之急的红绢袋必定如获至宝倍加珍惜；唯有千万财富在身才会把这装有五十两银子的红绢袋潇洒地“掷于桌上”。而且杜十娘也对李甲说过：“承众姊妹高情，不惟途路不乏，即他日浮寓吴越间，亦可稍佑吾夫妻山水之费矣。”

可惜粗心或者说是愚蠢的李甲一点也没有看出其中的奥秘，或许他本能地以为几乎被老鸨赶出家门的杜十娘只有姊妹所赠的二十两、五十两银子，顶多还有一些刚够在苏杭作短暂停留。因此一旦听孙富说“愿以千金相赠。兄得千金以报尊大人”时，极端自私的李甲为了掩盖行状荣归故里，早把许下的“海誓山盟”抛到九霄云外，准备“割衽席之爱”换取当初的“撒漫”之资了。

杜十娘落籍从良根本不是李甲的功劳，就是老鸨不慎承诺的三百两银子，也一半是杜十娘自己的，另一半是“吾代为足下告债，非为足下，实怜杜十娘之情也”的柳遇春凑齐的。即使杜十娘是李甲所赎，他也没有资格和权利把不惜“千里相从”的杜十娘以钱易之。

李甲的自私杜十娘其实早应该觉察。那次给他二十两银子时，告诉他这是从姊妹处借来的，用于“行资”。不料，李甲银子到手就另作他用先去当铺赎取自己的衣服了，根本没有考虑杜十娘脱离行院时是否会有不时之需。而杜十娘临走时还真碰到了尴尬，“尚未梳洗，随身旧衣”的她被老鸨赶了出来。及至上船，“李公子囊中并无分文余剩”，杜十娘不得不再拿出五十两银子以充“行资”。但沉浸在美妙幻想中的杜十娘对这些同样疏忽了，以致有不下万金百宝的一代名姬被人用千金卖了她还蒙在“船”里。

换一个角度来看，孙富对杜十娘一“听”钟情，以后演变成终身相守的可能性是不是就一定不存在呢？抛开孙富的“生性风流”不说，他至少比同样是行院常客而且也属“生性风流”的李甲聪明。一听歌声他就猜到对方是训练有素的娱乐中人，三言两语就把同为监生的李甲说得六神无主，成了叼肉唱歌的乌鸦，而且他既能触景生情吟出高启的《梅花诗》：“雪满山中高士卧，月明林下美人来”，又能在言谈之中随口用典：“只留丽人独居，难保无逾墙钻穴之事。”（人民文学出版社 1990 版《警世通言》第 514 页注：“逾墙”用的是宋玉赋里的出典，“钻穴”用的是《孟子》里的出典。）可见风流之余他还是用功过的。

让人觉得不可思议的是，在与孙富的交往中徒具一副俊俏脸庞的李甲成了名副其实的傻儿白痴。孙富口口声声说“烟花之辈，少真多假”，带在身边后患无穷，将来“弟不以为兄，同袍

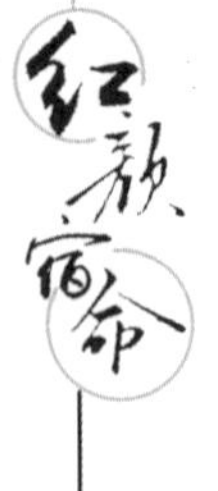

不以为友,兄何以立于天地之间”?但既然是弃之唯恐不及的累赘,他自己为何还愿以千金换之?难道他就不担心不以为兄不以为友的局面?难道他“挈之”就可以立于天地之间了?看来忙于风流韵事的李甲肯定没工夫读读矛与盾的典故,这也难怪他年齿徒长而“未得登科”了。孙富说:“仆非贪丽人之色,实为兄效忠于万一也!”素昧平生偶然相逢竟愿以千金换别人的孽债累赘,效忠天王老子也不至于如此吧?而对此居然相信了的李甲也不睁大眼睛瞧瞧对方是谁,再撒泡尿照照自己又是谁!

杜十娘对李甲说:“妾椟中有玉,恨郎眼内无珠。”但选择这样无情义低智商的人托付终身,杜十娘是不是也该恨自己眼内无珠了?

当知道李甲已与孙富谈妥并说要“千金聘汝”时,杜十娘冷笑了一声。那笑似乎比船外飞舞的狂雪更冷,不但冰透了杜十娘自己的全身,也把寒意传递给了几百年后仿佛听到这悲凉笑声的读者。杜十娘冷笑一声说:“为郎君画此计者,此人乃大英雄也!郎君千金之资既得恢复,而妾归他姓,又不致为行李之累,发乎情,止乎礼,诚两便之策也。”她“关照”李甲:“千金重事,须得兑足交付郎之手,妾始过舟,勿为贾竖子所欺。”说这话时,杜十娘是强压着满腔的怨恨和悲愤。是的,她自己就被竖子欺骗了。

尽管如此,杜十娘对自己真心爱过的李甲居然还抱有一丝幻想:或许那并不是他真心所愿,只是被逼无奈;或许那只是他酒后开的玩笑,说过了也就烟消云散,两人仍将和好如初。为此,当第二天孙富差家童到船头来听消息时,“杜十娘微窥公子”,希望看到李甲如梦初醒意识到自己究竟干了什么荒唐事,没想到李甲非但没有悔恨之意悲切之状，反而“欣欣然似有喜色”。于是杜十娘“乃催公子快去回话，及早兑足银子”。再也不抱任何幻想的她此刻只想尽快结束这一切！

自绝之人往往选择独自悄悄地踏上不归之路，但杜十娘偏偏愿意在众目睽睽之下把一切有价值的东西撕碎给人看。她要让人知道她所拥有的巨大财富，这是她受无数人追捧的见证。而此时此刻李甲的悔恨和孙富的吃惊正是她想看到的。她就是要在李甲的悔恨和孙富的吃惊中把价值万金的百宝一一毁掉；她就是要在众人的惋惜和“流涕”中把“浑身雅艳，遍体娇香”的自己毁灭；她就是要用自己生命的代价给天地间留下永恒的叹息！

林冲娘子的清平错觉

林冲娘子张氏的美貌大概是毋庸置疑的。

作为八十万禁军教头的林冲，其社会地位应该说是不低的，因此娶一个百里挑一的女子也是情理之中的事情。而作为权倾朝野的高太尉的养子，被人称为“花花太岁”的高衙内，平生所见标致女子不可谓不多，可“自见了许多好女娘，不知怎的只爱他(她)，心中着迷”，并为那一面之交生了相思病，“白昼忘食，黄昏废寝”。可见张氏的长相确实非同一般。

《水浒》中关于张氏的描述十分简单，但透过这些简略的描述，我们还是能够大致了解这是一个怎样的女性。

首先，她的前半生是在不愁温饱的平静生活中度过的。她的父亲也是一个教头，其地位也许不如林冲，但至少也是个军官。作为一个军官的女儿，虽没有大家闺秀般娇生惯养的资本，但小家碧玉似的优裕生活还是能从容地过上的。嫁给门当户对的林冲后，那平静优裕的生活无疑是一如既往。

不明白林冲夫妇为什么要去岳庙烧香还愿。俗话说，无事不登三宝殿，去烧香还愿应该有个事由。林冲夫妇有什么不如意的地方需求神明呢？原来结婚三年，竟“不曾生半个儿女”。这对林冲夫妇来说是一大心病，尤其是张氏更会压力重重。不孝有三,无后为大,那时的男人会因为妻子不会生孩子而名正言顺地休了她。由此看来林冲夫妇该去的是娘娘庙。也许作者心目中的林冲是一个赤胆忠心的武将，所以还是让他去岳庙为好。但从林冲一见鲁智深“使棒”便挪不动步子,让娘子带着使女自己去烧香这点来看,此事似乎对张氏更重要,而林冲只是陪同而已。因此此行的目的是求子的可能性是极大的。只是神明尚未显灵,还什么愿呢?

其次,张氏平静封闭的生活,造成了她的不谙世事。面对兵荒马乱烽火四起的时局,她却从自己的生活处境出发认定这是一个“清平世界”。第一次在庙里被高衙内拦住,她说:“清平世界,是何道理把良人调戏?”第二次被骗到陆谦家里,她说的还是:“清平世界,如何把我良人妻子关在这里?”也许就因为她认定这是一个“清平世界”,所以才会轻易上当,连身强力壮无病无痛的丈夫会因为吃几杯酒就“一口气上不来,便撞倒了”,这种蹩脚的谎言也不加分析地予以轻信。

第三,张氏是个典型的恪守三从四德的善良女性。虽然她的美貌使人着迷,但她的内心深处却绝对恪守着从一而终的信条,也就是说一旦嫁了林冲就再也不可能钟情于其他男子。外貌的楚楚动人与内心的静如止水形成的巨大反差,决定了她的人生轨迹和处世态度。因而一旦碰上高衙内这种有权有势死乞白赖的人,其命运的悲剧性就不可逆转在劫难逃了。

在这场关系到她一生命运的风波中,与她“不曾有半些儿差池……半点相争”的林冲的态度颇耐人寻味。堂堂一个禁军教头,妻子被人调戏,大光其火是必然的,但经过“不怕官,只怕管”的权衡,他只能眼睁睁地一无作为,只能自个儿“郁郁不

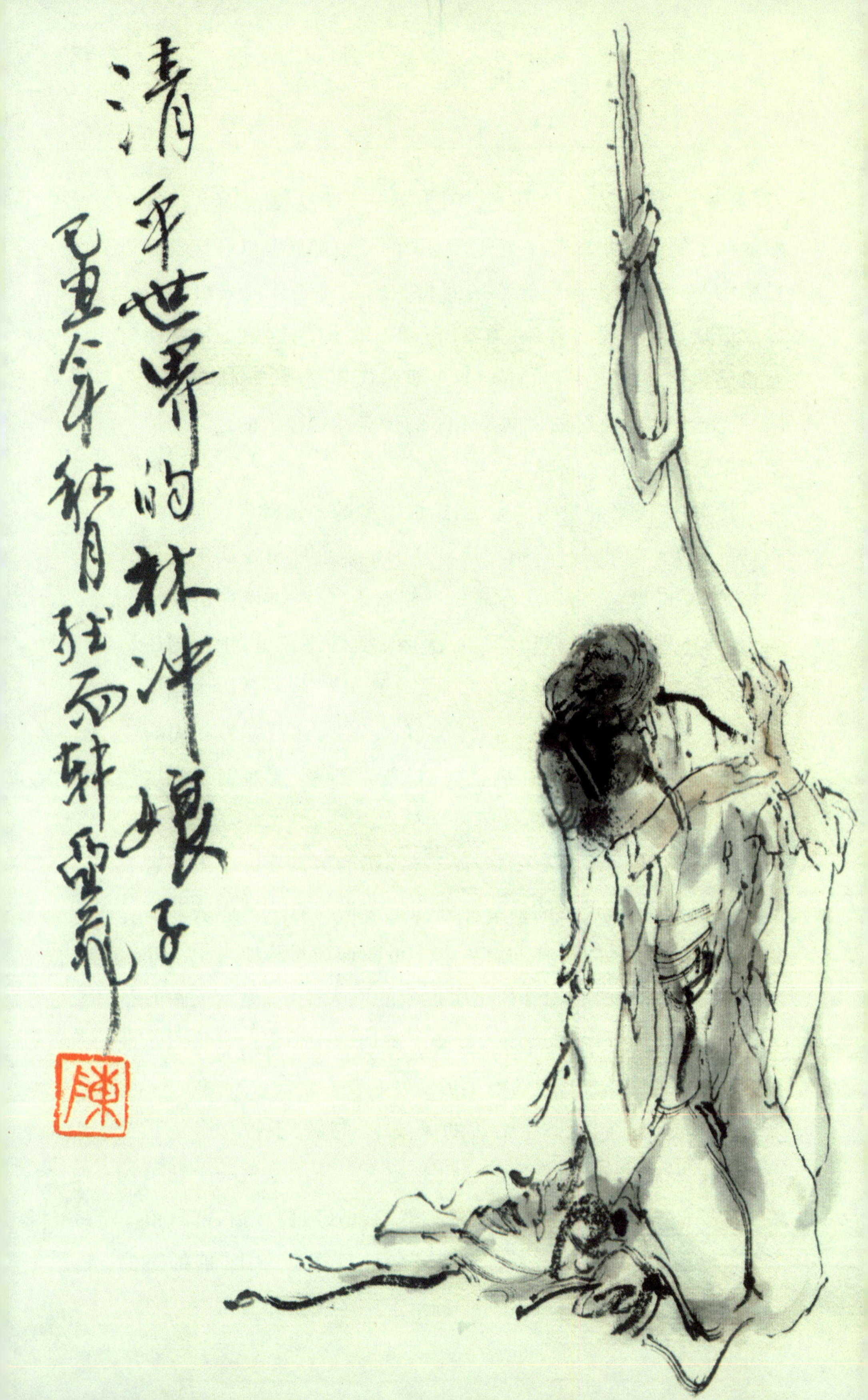
清平世界的林冲娘子

在生命的最後時刻林冲
娘子終於以清白之身殘
酷的尤其對女性更為殘忍
的清白本在界真面目

歲在庚寅年春三月
張石軒于西窗新記

乐”。而妻子第二次被戏弄，他赶到陆谦家问妻子的唯一的一句话就是“不曾被这厮点(玷)污了”，因为这次不同于上次在公共场所——岳庙，而是私宅，因而有被“点污”的可能。真不知道林冲问这话的意思，要激起怒火就是不曾被玷污也足够了。还是张氏懂得林冲此时此刻想的是什么，更关心的是什么，于是忙回答“不曾”。

幸亏不曾，如果真的被玷污了，八十万禁军教头的林冲以后还能对妻子做到“不曾有半些儿差池”么？在林冲被刺配前写休书给丈人时，张氏说：“丈夫，我不曾有半些儿点污，如何把我休了？”这话反证如果真的被“点污”了，林冲即使不刺配也存在着休妻的可能。

林冲被发配了，面对虎视眈眈一心想把她娶到手的高衙内，留在东京的张氏想靠父亲张教头的庇护，等到丈夫归来是万万不可能了。对这一事件的几种结局看得比较清楚的是卖友求荣的陆谦，他说过，这事“只除他(她)自缢死了便罢”。果然，走投无路的张氏最后终于彻底绝望，“自缢身死”，为林冲保持了自身的贞操和清白，也为自己连名字都没留下的一生画上了一个辛酸和悲哀的句号。

也许，在生命的最后时刻，她终于看清了这个残酷的尤其对女性更为残忍的“清平世界”的真正面目。

阎婆惜的风尘印记

阎婆惜，一个挺怪的名字。

在中国古典小说中，作者给这类不甚重要的风尘女子取名大都很随意，常常是红啊翠啊什么的。施耐庵把她命名为婆惜，不知出于何种考虑。是因为她是独生女儿，故在父母眼里是一个备受宠爱的掌上明珠？不管怎样，阎婆惜这个名字显得很特别。反过来说，名字取得别出心裁，从某种程度上也会增加这个人物的独特性和可信性。

阎婆惜本是东京人，父亲阎公"平昔是个好唱的人"，大概类似民间说唱艺人。这是一个典型的处在社会底层并无力改变生活处境的家庭。没有儿子的老两口知道唯一的希望就是依靠"长得好模样"的女儿能攀上一门高亲。但在森严的等级门第观念支配下的社会里，像阎家这样的人家要攀上一门高亲大概不会比登天容易。有大半辈子人生经验的阎公阎婆不会不明白这一点，因此只有"自小教得他那女儿婆惜，也会唱诸般耍令"并"省得诸般耍笑"（这"耍令"与"耍笑"颇有些不同，前者属于卖艺的范围，后者属于卖笑的行列了）。一来让女儿具备独自谋生的手段，二来在"行院（妓院）人家串"的时候，女儿没准会碰上一门在正常情况下决不可能碰上的"好亲"，从而改变女儿的人

生命运和一家人的生活处境。事实上也确"有几个上行首"想娶婆惜,但因为是"过房"(做妾),所以母亲阎婆才"不肯"。

阎婆在择婿问题上的挑三拣四待价而沽自有她的道理,因为这跟行院女子"从良"不同,阎婆惜不是纯粹意义上的妓女,而是一种介于歌伎和妓女之间的角色。虽然阎婆对王婆说的话里也许会有把女儿从妓女往歌伎"拔高"的成分,但阎婆惜确实不同于那种卖身入院无行动自由而且需要付大笔赎金才能"从良"的妓女,她毕竟有健在并生活在一起的父母,毕竟有一个完整的家庭。她可以自由地在"行院人家串",即能随意进出妓院,卖唱卖笑,大概偶尔也卖身。

不管阎婆惜是卖唱的歌伎还是卖身的娼妓,"从小儿"混迹风月场的她到了"一十八岁"还没跟定一个能养父母伴终身的男人,这不能不引起寄希望于她的父母的焦虑。于是就涉及下一个问题,即他们一家为什么要离开熟悉的东京而去陌生的山东。书上只说去"投奔一个官人",不像第三回里介绍被鲁达救下的那对金氏父女时直接说明是"投奔亲眷",因此这"官人"的真实身份以及同阎家的关系就成了一个谜。

推测一下,大概有两种可能:一是阎家的亲戚,二是阎婆惜在"行院"相好的客人。相比之下后一种可能性更大些。因为投奔亲戚"不着"总会留下不着的原因,就像金氏父女"来这渭州,投奔亲眷,不想搬移到南京去了"。而阎家要投奔的这个"官人"却去向不明,没留下任何踪迹。当然,这也可以作省略解。不过,对阎家来说,既然知道有一门可以投靠的被称为官人(官人不一定是做官的,但至少是一个还算体面的人物)的亲戚,他们也不至于落到靠女儿串"行院"来维持生计,即使亲戚远在山东也早早来投奔了。没有人会自觉自愿让女儿沦落风尘，作为说唱艺人的阎公大概也不例外，除非是到了无以为生或走投无路的地步。

而阎婆惜常在“行院”穿梭，也许会交上一个来自山东的或经商或出仕的客人。阎婆之所以不肯让女儿跟人“过房”，主要是担心女儿做了人家的小妾，在家中没有地位，不足以赡养父母。一旦碰上一个“可靠”的人，被他的信誓旦旦诸如明媒正娶所迷惑，阎家大概会举家迁徙去投奔的。金氏父女后来找着个好心的员外，嫁女后父亲的下半生有了依靠可以作为印证，说明靠嫁女养老在当时是生活在底层的人家一种普遍的生存之道。时到如今，这也是阎家改变日趋艰难的生活处境（女儿大了，父母老了）的唯一途径。

然而，因为对方是行院客，只贪一时欢乐，哪管身后婚事，留下的地址多半也是信口胡诌，所以病急乱投医的阎家才会投奔“不着”，并连进一步追踪的去向都无以知晓。而且，“来山东投奔一个官人”这话是阎婆对王婆说的，如是体面的亲戚，饶舌的阎婆也许会有所发挥。但如果是女儿的相好，且受骗上当了，故难以启齿，因此只好用“投奔一个官人”一言带过。还有，称亲戚为“官人”似乎不多见，而把丈夫或相好称为“官人”却是一种十分普遍的情况，就连现在的古装戏里也还保留着这种对男人的尊称。

由此可见，这个“官人”很可能就是阎婆惜在“行院”的旧时相好。

一家三口投奔“不着”，于是“流落在此郓城县”。因郓城是个小地方，繁华远远不如东京，酒楼、行院等可供阎婆惜大显身

闇淳情的精明和深謀是她能夠周旋於這男人世界的資本但也是她慘遭横禍的原因

庚寅二月 於雨軒 亞飛

陳亞非

世事洞明的闍婆僧

歲次己丑仲月弦雨軒

手的地方不多，用阎婆的话说是“这里的人，不喜风流宴乐，因此不能过活”。于是一家人陷入困顿，阎公一死，连一副棺材都买不起。在这样的情况下，碰到宋江这种在外为吏又使钱大方的主儿，能不死死缠住？并不惜以身相“典”。以为“会唱诸般耍令”并“省得诸般耍笑”就能安身立命，哪知到头来还是靠卖身才衣食无忧。

宋江在知道了阎婆惜的真实身份后，还半推半就地答应了这门尽管是外室的亲事，置自己一向爱惜的名誉于不顾，其中很大的一个原因就是阎婆惜“长得好模样”。说是“怎当这婆子(王婆)撮合山的嘴撺掇”，那只是宋江掩人口舌的遁词。换个丑婆娘试试，宋江肯接纳？说宋江“于女色上不十分要紧”，那“夜夜与婆惜一处歇卧”不知该作何解释。而且，在宋江耳闻阎婆惜与张文远有染后，不是还“权睡一睡，且看这婆娘怎地，今夜与我情分如何”，并“指望那婆娘似先时，先来偎依”，以便自己正人君子般被动接受么？而宋江没把阎婆惜看成一个“妻子”，并给予起码的尊重那倒是真的，用他的话说是“又不是我父母匹配的妻室”，只不过是一个用一张典身文书换来的女人罢了。

当然，作为一个中年男人长期在外供职，有正常的欲望本是一件自然的无可非议的事情。问题是既是一个常人，却非要摆出一副“超人”的模样，看了让人反感。金圣叹在评《水浒》人物形象时，把宋江定为“下下”，不知是否包括宋江这方面的虚伪。

如果说阎婆惜同张文远偷情的内在原因是“宋江是个好汉，只爱学使枪棒，于女色上不十分要紧”，“向后渐渐来得慢了”，而阎婆惜“水也似后生，况十八九岁，正在妙龄之际”，欲望得不到满足，倒不如说是由于阎婆惜喜欢灯红酒绿、声色犬马的热闹场面而耐不住独处空守的寂寞。因为张文远除了“生得眉清目秀、齿白唇红……一身风流俊俏”和对阎婆惜“百依百顺，轻怜重惜”外，“更兼品竹调丝，无有不会”，这与阎婆惜喜欢“唱曲”、“耍令”的活泼个性十分吻合，所以一拍即合，如胶似漆。没想到的是由此埋下了杀身之祸。

形成阎婆惜狡诈淫荡和不知廉耻的处世态度，有其自身和家庭的原因，但更多的却是环境和社会造成的。而一旦沉沦便无以自拔，即使远离“行院”，即使被宋江这样有一定社会地位的人养起来，那开口闭口“老娘老娘”的口吻，那三言两语便同人“眉来眼去”的举止，仍摆脱不了一个典型的风尘女子的印记。

与林冲娘子张氏不同，阎婆惜最大的特点是见多识广，对世事十分关心。外面刚刚发生的事情，她马上就知道了，而且还知道晁盖和“梁山泊强贼”。也可能这是张文远无意中告诉她的，但如果不是十分留心世事的话，听过也就算了，不至于一读到招文袋里的信就马上联想到社会上发生过的事情，并准确地判断出宋江与他们有牵连，无师自通地认定这是“一场天字第一号官司”。这绝对称得上锐利的目光大概是她在“行院”练就的。对世事的关心，风尘女子远远超过一般良家妇女。谁发迹了，需要小心伺候；谁落魄了，可以爱理不理。这一套处世的手腕是风尘女子必备的本领，阎婆惜大概也深谙此道。

阎婆惜的精明是她能够周旋于这个男人世界的资本，但也是她惨遭横祸的原因。本来，被点破与“梁山泊强贼”有瓜葛因而惊慌失措的宋江已爽快地答应了她的两个条件：归还典身文书，奉送已置财产。但她还不甘心，非要满足她的第三个要求：拿一百两黄金。把宋江逼急了，才十八九岁的她就是再蛮横，也不是在官场和江湖混迹多年而且见过大世面的宋江的对手，到头来只能束手待毙，成为一个可怜又可悲的刀下鬼。

提这几个要求，阎婆惜大概也是经过一番考虑的。讨还典身文书意味着恢复随心所欲的自由；已置的财产归她所有可以保证眼前的生活处境不会因此改变。而坚持要那一百两黄金，大概是为自己和母亲今后的生活（即使张文远不想娶她也可以不愁吃穿）打下牢固的物质基础。不能依靠宋江一辈子是明摆着的事实，即使此事不发生她也完全料到了。从阎婆惜的角度来看，这些考虑应该说是十分周全的，但结局却应了《红楼梦》里的一句话："机关算尽太聪明，反误了卿卿性命！"

如果说造成林冲娘子张氏的悲剧有其善良单纯不谙世事的因素，那么阎婆惜落得这种下场恰恰是因为她的"世事洞明"，精明过了头。一正一反，似乎都逃不出"冥冥之中"早已为那时的女性定下的宿命。

附

阎婆的血光晨楼

阎婆和下面将要谈到的王婆不属于红颜女子，虽然她们也年轻过，说不定也靓丽过，但出现在古籍中，她们已是满脸皱纹的老太太了。因此只能作为附录留在书中。

从某种意义上说，阎婆和王婆属于同一种类型，即那种老于世故又见钱眼开的人。老于世故是因为她们有丰富的人生阅历和生活经验，懂得怎样与各种人物交往，怎样与这个世道周旋。见钱眼开是因为她们知道世上没有一样东西是靠得住的，唯钱除外。因此，只要有利可图，就无孔不入。从而显得贪婪，使那布满皱纹的老脸变得更加丑陋。

然而，透过施耐庵在《水浒》中对女性尤其是老年女性的既定思维模式，我们还是能分辨出阎婆与王婆之间的明显差别，无论是个性还是为人，她们都是生动的“这一个”。

作为一个历尽人间苦难，盼望过上要求不高的温饱生活，却投奔不着陷入无助困境的老人，阎婆的所作所为既是生计所迫出于无奈，也显得入情入理无可指责。试想，一个死了丈夫连下葬的棺材也买不起的人，还能指望她做出什么顾及脸面的事？在求生的天平上，廉耻是无足轻重的。

阎婆原来是寄希望于“颇有些颜色”的女儿，不料，这里的人“不喜风流宴乐”，因此女儿在东京游刃有余的谋生技艺到了郓城是“无用武之地”了。于是丈夫死后阎婆决定把女儿典给宋江这样“颇有家计”的小吏作外室，以救燃眉之急，并为保障今后的生活寻一个依靠。这应该说是走投无路中阎婆别无选择的明智之举。凭女儿的美貌与手段，充当一个外室是绰绰有余的。对此，阎婆是胸有成竹充满信心。果然，一经撮合，宋江忙着“讨了一所楼房，置办些家火什物”，穷困潦倒的阎婆母女“不出半月之间”就过上了“衣丰食足”用当时标准衡量可算是小康水平的生活。

对阎婆来说，能在这样不愁吃穿的生活环境中度过余生，已别无他求，心满意足。但放荡惯了的女儿偏不肯安分，她的生活目标与母亲不同。如果说阎婆主要考虑的是生计和保障，那

么女儿更看重内心欲望的满足。面对若即若离忽冷忽热的宋江，阎婆惜早已不耐烦了。因此即使张三（张文远）不出现，李四也会出现的。

在这场情感纠纷中，乐不思蜀的是阎婆惜和张文远。宋江因“不是父母匹配的妻室”，在最初的热情消失后也有些无所谓。唯一感到不安的是阎婆。她知道这事发展下去对她和女儿将意味着什么。令人不解的是有权把女儿典给别人的阎婆，眼看着女儿与张文远那种偷鸡摸狗的事情不断发生为什么不予以阻止？是因为从小骄纵惯了现在又靠她的美色为生所以只能听之任之，还是以为张文远同样是押司也许可以成为第二个宋江因此不加干涉？

不过，为了缓和女儿和宋江的矛盾，阎婆是煞费了一番苦心。尽管她清楚女儿和张文远的关系继续下去，宋江总有一天会对她们撒手不管的，但眼下她还是希望女儿能“兜儿得住他”，这样可以“又和他缠几时”。以后么，“却再商量”。

因此，一旦撞见已有一段日子不上门去了的宋江，阎婆是无论如何不肯放手了。关于阎婆拖宋江这一节，对阎婆似乎是随口而出的一些话金圣叹是连批了七个“虔婆成精语”（详见北京大学出版社《水浒传（会评本）》第381页），对阎婆见风使舵、避重就轻、攻守自如、佯装糊涂、插科打诨的高超应变本领作了一番由衷的“圣叹”。阎婆的这张嘴真正称得上是“撮合山”了。为了拢住宋江，说，“我女儿在家里专望，押司胡乱温顾他些”，“看得老身薄面，自教训他与押司赔话”。宋江经不住诱惑去了，受到婆惜的冷遇，阎婆又说，“这贱人真是个望不见押司来，气苦了。恁地说，也好教押司受他两句儿”。刚刚还信誓旦旦地说要教训婆惜给宋江赔话，一转眼，便全是宋江的不是，把婆惜“气苦了”，只有“受他两句儿”的份了。

当然，阎婆的目的是明确的，即为了“又和他缠几时”，让宋江和阎婆惜的关系能再维持一段日子。为了这个目的阎婆真是说干了嘴，跑细了腿。一会儿自言自语说，“没酒没浆，做甚么道场”，并“拿了些碎银子，出巷口去买些时新果品、鲜鱼、嫩鸡、肥鲊之类”，颇有一番招待新女婿的味道。出门时怕宋江溜掉，还把门反扣了。一会儿又劝这个吃那个喝，为了助兴自己“也连连吃了几杯”，酒不够，“再下楼去烫酒”，真是费尽了心机。更可笑的是她还自作聪明地说“我猜你两口子多时不见，一定要早睡”。她哪里知道，好心办了坏事，这一“睡”睡出大祸，把女儿的性命“睡”掉了。

阎婆这个人物给人感觉不但能说会道，而且身强力壮，她能把唐牛儿“劈脖子只一叉”，便“踉踉跄跄，直从房里叉下楼来”，又“叉开五指，去那唐牛儿脸上只一掌，直撷出帘子外去”。简直是一个大力婆子。这也与那些贵族女子的弱不禁风形成了鲜明的对照。贫穷的需要终身操劳的生活造就了阎婆这一副硬朗的身子，贫穷的需要同各种人物打交道的经历形成了阎婆的八面玲珑、巧舌如簧，但最能体现阎婆非凡能耐的还是在得知女儿被杀的情况下仍能冷静面对、从容应付。

当时，睡在楼下的阎婆听见女儿喊“黑三郎杀人也”，慌忙奔上楼来，宋江对她说“你女儿忒无礼，被我杀了”时，她还半信半疑以为是开玩笑，“押司休取笑我老身”。直到“推开房门看时，只见血泊里挺着尸首”，这才叫了声“苦也！却是怎地好”。

这七个字真切地表达了阎婆当时的心情。“苦也”是对女儿

一个縣領導需要同各種人物打交道的經歷，使我經驗形成了闖蕩的百面玲瓏巧舌如簧

歲次庚寅年冬

狂雨軒主陳亞非

陳亞非

没奈何的闍婆

己丑年秋日亚龙写

被杀的既成事实表示极度的震惊;“却是怎地好”是问宋江,更是问自己,面对这突如其来的横祸,此时的她能做什么,该怎么做?这一问,反映了阎婆内心瞬间的思考过程。结合后面的情节来看,这时的阎婆早已把宋江看成是恨不得立即扭送官府法办的“杀人贼”。但在“却是怎地好”的自问后,阎婆显然是控制住了此时此刻应该说是很难控制住的情绪,尔后说出来的话大概连宋江也没想到:“这贱人果是不好,押司不错杀了,只是老身无人养赡。”这貌似大义灭亲又冷静得近乎残酷的“不错杀了”的结论,把宋江稳住了,接着把宋江的思路引到对宋江来说是轻而易举能解决的事后对她的“养赡”问题上。

阎婆在这时表现出来的出乎意料的平静,也说明精明过人的她已考虑到眼前自己的处境。面对急红了眼的宋江,她知道此时的他什么事都干得出来。在这只有两个人的清晨的楼上,一旦闹将起来,不但于事无补,而且连自己都可能成为已开杀戒的宋江的刀下之鬼。因此现在阎婆唯一能做的就是稳住宋江,让他感到事情也许并不像他所担心的那样棘手和无可救药,只要能“养赡”她,女儿杀了是该杀。

果然,宋江上当了。他对阎婆说:“这个不妨,既是你如此说时,你却不用忧心,我颇有家计,只教你丰衣足食便了,快活过半世。”宋江真是可笑,对他来说“这个不妨”,阎婆当然清楚。“既是你如此说时”,可见他确实没想到在见到女儿被杀后阎婆会这样说。“快活过半世”,丈夫已死了,女儿被杀了,孤身一人能快活?宋江幼稚的空头支票怎能骗得了已“成精”的阎婆!

阎婆不愧是一个已“成精”的人物,到了这种时候,还不忘说一句“深谢押司”。只有天知道,在她说这些的时候,心中燃烧着怎样的怒火;也只有天知道,她竟会有如此的毅力克制住自己的悲愤,从容地对付宋江,一步一步把宋江推向她以为会替她女儿伸张正义和杀人必须偿命的罗网。

在这场只有两个人的"战争"中,本该惊慌失措的阎婆却异常冷静,没有巨大的心理承受能力,断断不能为之。相比之下,宋江显然不是阎婆的对手,至少在此时此刻。按理,宋江应该清楚阎婆与女儿血肉相连、唇齿相依的关系。昨夜阎婆的表现也证明她是处处袒护女儿的,怎么可能一下子变得如此"深明大义",不问情由不容分说地认定"这贱人果是不好,押司不错杀了"呢?但聪明一世糊涂一时的宋江偏偏被"只是老身无人养赡"的问题所迷惑,不但轻信而且深信阎婆已站到了自己的这一边,那道心理防线不攻自破。没了主见,智商降到最低点的宋江,最后完全被阎婆牵着鼻子走,一个劲地"也好","也说得是",懵里懵懂地落入了阎婆设下的圈套。幸亏"满县的人没有一个不让他(指宋江),因此做公的都不肯下手拿他",否则被阎婆骗至"做公的"近在咫尺的"县前",大叫"有杀人贼在这里"后,宋江只能束手就擒。

撇开阎婆惜与宋江之间的是非恩怨,就这场官司来说,是典型的草菅人命。阎婆明明说了是宋江杀人,知县却偏说:"宋江是个君子诚实的人,如何肯造次杀人?这人命之事,必然在你(指唐牛儿)身上!"这话连明代批评家李卓吾先生也看得冒火了,在边上批道:"这便教胡说。"(详见《李卓吾先生批评忠义水浒传》)

其实,这"胡说"是事出有因。原来"知县却和宋江最好,有心要出脱他,只把唐牛儿来再三推问"。同知县要好,即使是杀

了人，也可以“出脱”，这“明镜高悬”的法律早已等同儿戏。

尽了自己最大的努力，发挥了能发挥的所有聪明才智，把宋江骗到县衙前以为万无一失胜券在握的“人精”阎婆，在官场黑幕面前还是显出了她的幼稚和无知。她哪里知道“杀人偿命”的法律不是为她这样的人制定的，偌大的一个郓城县，竟没有一个人肯站出来替她说一句公道话。张文远还算有良心，因为被杀的正是他的心上人，念旧情才帮着阎婆“三回五次来禀”，到头来“也耐不过众人的面皮，况且婆娘已死了……因此也只得作罢了”。

倒是阎婆，在打官司的过程中渐渐悟出了官府翻手为云覆手为雨的作假伎俩，对知县说的宋江“出了籍有执凭公文存炤”当庭予以驳斥：“这执凭是个假的。”金圣叹在这里批道：“分明说个分上，可发一笑。”对这正好说到点子上的话，我们该笑谁？

有了一心要“出脱”他的“父母”官，再加上官官相护其实还不配称官只能算吏的朱仝、雷横等人，宋江的逍遥法外早已成定局。即使阎婆去“州里告状”，除了多一番周折，又能讨回多少公道？而且这一番周折所需的花费和开销，平时靠女儿为生现在无依无靠的一个孤老婆子哪里去支出？

因此当“朱仝自凑些钱物，把与阎婆，教不要去州里告状”，另外“又将若干银两，教人上州里去使用”后（“钱物”与“银两”在这里是两个不同的价值档次和分量概念），阎婆除了“没奈何，只得依允了”，已别无选择。

这是《水浒》第二十一回与二十二回中的情节，后面还有许多回文字，但阎婆从此不复出现。作者写阎婆的使命大概是完成了，可读者有时难免还会想到这个颇有个性却次之再次之的次要人物。不知朱仝给的“钱物”是否能勉强让她度过这困苦一生的最后岁月。然而不管怎样，在经历了这一场触目惊心的变故后，她的脸上将永远留着“没奈何”的神情，而且这闭目就能想象却无法清楚形容的神情无疑会比阎婆本人留得更长久。

潘金莲的情竿残酒

《水浒》一书给人留下印象最深的女性，大概要算潘金莲了。这是一个已同淫妇画上等号的几乎是家喻户晓的名字。《水浒》一经诞生，人间潘姓，就没有叫金莲的女儿。

关于潘金莲，《水浒》最初的一段叙述有些蹊跷："清河县有一个大户人家，有个使女，娘家姓潘，小名唤做金莲，年方二十余岁，颇有些颜色。因为那个大户要缠他(她)，这使女只是去告主家婆，意下不肯依从。那个大户以此记恨于心，却倒赔些房奁，不要武大一文钱，白白地嫁与他。"

这段文字简单不说，还留有不少使人疑惑的地方：一是那个大户既然"记恨于心"，为什么还要"倒赔些房奁"？二是那个大户同武大是什么关系？为什么非要把"颇有些颜色"的潘金莲"白白地嫁与他"？难道仅仅是看中武大"身不满五尺，面目丑陋，头脑可笑"，以此来惩罚潘金莲？三是潘金莲对主人的"缠"敢于"不肯依从"，而让她嫁给丑八怪武大，怎么反倒依从了？

施耐庵处处精细，但在介绍潘金莲来历时还是露出了一些粗疏。《金瓶梅》的作者兰陵笑笑生大概也看出了其中的破绽，于是作了一番弥补。

首先，《金瓶梅》说潘金莲是南门外潘裁的女儿(潘裁是姓潘名裁，还是潘裁缝因为漏字成了潘裁？查几种版本，都是潘裁，而从上下文分析，是潘裁缝可能性更大），“自幼生得有些姿色，缠得一双好小脚儿，所以就叫金莲”。因有“好小脚儿”而叫金莲，完全说得过去。

其次，关于大户与武大的关系，《金瓶梅》中说是武大做买卖“消折了资本，移在大街坊张大户家临街房居住”，张大户与武大是房东与房客的关系。这层关系的安排，为以后潘金莲嫁武大埋下了伏线。

第三，关于大户“缠”潘金莲，《金瓶梅》与《水浒》的叙述基本一致。大户买“颇有些颜色”的使女，其目的本来就是很明确的。不同的是《金瓶梅》中的潘金莲“做张做致，乔模乔样”，一副媚态地积极响应张大户的“缠”，而不能如愿的原因是“只碍主家婆利害”。但有志者事竟成，“一日，主家婆邻家赴席不在，大户暗把金莲唤至房中，遂收用了”。

第四，把潘金莲嫁武大，《金瓶梅》是这样演绎因果的：“主家婆知其事，与大户嚷骂了数日，将金莲百般苦打。大户知道不容，却赌气倒赔房奁，要寻嫁得一个相应的人家。大户家下人都说武大忠厚，见无妻子，又住着宅内房儿，堪可与他。这大户早晚还要看觑此女，因此不要武大一文钱，白白的嫁与他为妻。”原来如此！

总之，《水浒》中有关潘金莲的一些疏漏，《金瓶梅》中基本上补充完整了。虽然这是两部主旨和意趣完全不同的书，但因为涉及同一个人物，所以不妨异文互补。

毫无疑问，潘金莲与武大的结合是一门错误的婚姻。这里虽然不存在什么门不当户不对的问题，武大是穷小贩，潘金莲

的全部温存

和体贴

可惜

他们分离过久、

要且是隔

着一道难以

逾越鸿沟

的叔嫂

庚寅二月亚飞

陳亞飛

潘金蓮的情竿戲[illegible]

歲次己丑年冬月亞飛

在武松面前

潘金蓮露

出了女性

是使女，半斤对八两，但两人的性格落差极大：一个"平生快性"，又"颇有些颜色"，感情丰富欲望强烈，对生活充满幻想；另一个老实木讷，对婚姻的要求只是组成一个家庭，终生关注的是起居饮食。个性如此不合，人生目标如此不同的两个人能长久地生活在一起么？一旦来了机会，敢作敢为的潘金莲大概是不怕武大的羁绊，也不在乎街坊邻居的说长道短。这是她的个性使然，也与她以前生活的环境有关。一个使女，又是从清河县搬到陌生的谷阳县，谁在乎她的贞洁廉耻？谁欣赏她的安分守己？潘金莲于是水性杨花，于是无所顾忌。

当初，大户做主把潘金莲白白地嫁给武大，对潘金莲来说肯定是觉得委屈了自己。而对武大来说，自己一无地位，二无财产，三无最起码的长相，能不花一文钱娶一个有"房奁"且年轻美貌的妻子，实属三生有幸，所以本性懦弱的他处处让着她。这也从另一方面助长了潘金莲的飞扬跋扈，为所欲为。因此这门一开始就是荒谬的婚姻到一定时候必将充分显示其荒谬。如果说潘金莲同武大感情不和，青春寂寞，与西门庆私通是事出有因，那么合伙谋害老实的武大绝对是残忍的暴行。即使武松不杀她，在读者心目中也将对她进行不可饶恕的缺席审判。

在中国古典小说戏曲中，可以对妓女的人格表示敬意，如柳如是、李师师、杜十娘、李香君等，也可以对男女私通表示谅解，这方面的例子更多，唯独对谋害亲夫的潘金莲决不宽恕。也正是从这个意义上来说，潘金莲的翻案文章一万年也做不成，因为读者在心理上无法原谅这违反最基本人性的行为。

作为女性，潘金莲对人生和婚姻的要求并不过分，但生活在那个时代的女性根本无法把握自己的命运，更何况是使女出身的潘金莲。武松的出现，曾给潘金莲带来一阵单相思式的惊喜，“我嫁得这等一个，也不枉了为人一世！”她自作多情地为自己设计了称心如意的前景，“不想这段姻缘，却在这里！”

抛开叔嫂这层关系，如有月老牵线，潘金莲与武松也算是般配的一对，至少不会因此辱没了打虎武松的英名。宋江娶出入行院的阎婆惜，不照样做他名扬江湖的英雄？

潘金莲为了这段一厢情愿的姻缘，真是煞费了苦心。在武松面前，她露出了女性的全部温存和体贴，且亲亲热热地叫了三十九遍叔叔(根据金圣叹的统计，见《水浒传(会评本)》第434页)。早晨见武松已起床，“那妇人慌忙起来，烧洗面汤，舀漱口水”。武松在县里“承应差使”，潘金莲在家里是“洗手剔甲，齐齐整整，安排下饭食”。以后武松“不论归早归迟，那妇人顿羹顿饭，欢天喜地伏侍武松”。饭后，“那妇人双手捧一盏茶，递与武松吃”。简直似梁鸿夫妇的“举案齐眉”，可惜他们不是夫妻，而是隔着一道难以逾越鸿沟的叔嫂！

为了接近武松，让武松感受到她发自内心的爱意与苦心，潘金莲是尽了她最大的努力。与西门庆比较起来，潘金莲其实更看重和敬重武松，因此也更喜欢武松。与西门庆私通，潘金莲刚开始是处于不明真相的被动的一方；而对武松，潘金莲是站在早有预谋的主动的一方。准备与西门庆捅破那层纸时，潘金莲是有话直说：“官人休要罗唣！你真个要勾搭我？”而对武松，潘金莲是在亲亲热热叫了三十九遍叔叔后，才羞羞答答地举着酒杯试探说：“你若有心，吃我这杯儿残酒。”

潘金莲万万没想到的是，武松竟“没心”！抑或“有心”也不能捧给潘金莲，她毕竟是兄长还健在的嫂嫂！

尽管潘金莲是小心翼翼地试探，但这暗示还是略显露骨了一点，“没心”因而“没肺”的武松是翻脸不认嫂，一顿抢白使潘金莲“通红了脸”，无地自容。即便如此，潘金莲在心中仍念念不忘这个威武的汉子，当武松要出远门来与武大道别，潘金莲还以为“莫不是这厮又思量我了”，忙着“重匀粉面，再整云鬓，换些艳色衣服穿了，来到门前迎接武松”。可见直到这时，潘金莲对武松还是抱着他能回心转意的幻想。

如果说在潘金莲身上还有一些可爱的地方，那就是她的直率，嬉笑怒骂全挂在脸上，说乐就乐，说怒就怒。当武松指桑骂槐地要她做到“篱牢犬不入”时，潘金莲火了，说：“我是一个不戴头巾男子汉，叮叮当当响的婆娘！拳头上立得人，胳膊上走得马，人面上行得人，不是那等搠不出鳖老婆。自从嫁了武大，真个蝼蚁也不敢入屋里来，有甚么篱笆不牢，犬儿钻得入来！你胡言乱语，一句句都要下落；丢下砖头瓦儿，一个个也要着地。”好一番伶牙俐齿的豪言壮语。

虽然潘金莲自称是“不戴头巾男子汉”，但在她内心深处仍充满对男性的依赖。正因为如此，她才最恨男人的无能和软弱，“看不得这般三答不回头，四答和身转的人”。武松的刚强和威武曾深深吸引过她，遭拒绝后她便把所有的希望都寄托在撞上门来的多情又多钱的西门庆身上。要不是王婆的一手策划和怂恿，潘金莲是没有胆量谋害尽管是“三寸丁谷树皮”的丈夫的。武大一死，潘金莲见到西门庆的第一句话就是：“我的武大今日已死，我只靠你做主。”可见在潘金莲心目中，女人即使是“叮叮当当响的婆娘”，也永远做不了自己的主。对潘金莲来说，掌握自己命运的可以不是武大，不是武松，甚至不是西门庆，但必须是男人！

《三字经》说，人之初，性本善。施耐庵没有告诉我们潘金莲童年的情况，但我们还是相信潘金莲也有过天真烂漫的孩提时代，也做过充满憧憬的少女之梦。在大户家做使女时她“不肯依从”主人的“缠”，可见也是出于对自己婚姻前景的考虑，出于对自己完整人生的负责。假如嫁个如意郎君，心灵手巧（在与人对话时可听出她的心灵，在与王婆做寿衣中可看出她的手巧）又漂亮温存（漂亮可从西门庆一见她便“酥了半边”中证实，温存只要看看她对武松的体贴就知道了）的潘金莲大概会朝人性善的方向发展，美满地度过自己的一生。

然而，生活方式可以选择，社会环境却无法选择。她碰到的是虎视眈眈的大户，平庸木讷的武大，冷漠无情的武松，嗜欲成性的西门庆，以及敢于自称“马泊六”的心狠手辣的王婆。于是朝相反方向发展而且越走越远的潘金莲便不会也不配有好下场，只能下地狱！

附

王婆的罪恶杂趁

在《水浒》中，王婆的称呼是一种略带贬义的泛指。王婆的丈夫可能姓王，也可能并不姓王，就像酒店的伙计不管其排行如何一概叫做店小二一样，这只是对那些无事忙的老年女性的一种统称。

施耐庵在书中至少写了两个给人牵线做媒的王婆，一个是为阎婆惜与宋江牵线的王婆，另一个是为西门庆和潘金莲撮合的王婆。前一个王婆一晃而过，没给读者留下什么印象；后一个

王婆却上蹿下跳，演出一番惊天动地的大关目。这里说的王婆就是指后者。

与阎婆相比，王婆的日子要好过许多。她开着一家"茶局子"，即茶坊。她有一个儿子，说是"跟一个客人淮上去"了，大概是去做类似跑单帮的生意了。不管是否像王婆自己说的"三年前六月初三下雪的那一日(六月会下雪？可见是胡诌)，卖了一个泡茶，直到如今不发市，专一靠些杂趁养口"，她的生计肯定是不愁的。不像阎婆，把女儿典给宋江是在走投无路的情况下为生活所迫。王婆撮合西门庆与潘金莲，除要赚茶坊生意外被称作"杂趁"的额外收入，似乎还有一种习惯成自然的作恶本能和显示这方面特殊才能的变态欲望。这从她卖弄偷情的"五件事"、"十分光"，以及用得意的口吻对西门庆说"老身为头是做媒，又会做牙婆，也会抱腰，也会收小的，也会说风情，也会做马泊六"的话里可以得到印证。什么是做牙婆？即拐骗贩卖人口的勾当。马泊六呢？《辞海》里说是俗称引诱男女搞不正当关系的人。对这些，王婆不以为耻，反以为荣，沾沾自喜，夸夸其谈。其人品与趣味比之阎婆，又下好几个等次。

在这场伤天害理的偷情事件中，如果说潘金莲叉帘子时竿子打着西门庆的头是偶然的巧合，那么，其后王婆的所作所为便是一种明显的挑逗和引诱，用她自己的话说是"着些甜糖抹在这厮鼻子上——却教他来老娘手里纳些败缺"。

作为此中老手的王婆，摆弄起这类事情还真是有板有眼游刃有余。首先，她明明知道西门庆对潘金莲有了意思，自己可以有一番做"杂趁"的作为了，但西门庆一问起，她却说，"他(指潘金莲)是阎罗大王的妹子，五道将军的女儿，问他怎的？"一副拒人于千里之外的口吻，使了欲擒故纵这一招。接着又装模作样大发感叹，“自古道‘骏马却驮痴汉走，巧妻常伴拙夫眠’，月下老偏生要是这般配合！”用来增强西门庆取而代之的信心。尔后，又是“梅（媒）汤”，“和合汤”，“宽煎叶儿茶”，把本来就游手好闲不怀好意的西门庆撩拨得六神无主，来来回回跑成一条急不可耐的饿狗。而一旦潘金莲与西门庆有染，促成此事的王婆倒成了正人君子，说，“好呀，好呀，我请你来做衣裳，不曾叫你来偷汉子！”扬言要去“出首”，除非答应她一个条件。你猜那条件是什么？“从今日为始，瞒着武大，每日不要失约负了大官人，我便罢休；若是一日不来，我便对武大说。”正是滑天下之大稽，一面说“不曾叫你来偷汉子”，一面又唯恐人家一日不偷汉子。难怪金圣叹读到这里要说“绝倒”了。

王婆的能说会道与阎婆又有所不同，一是王婆常常正话反说，一本正经中藏着一些意想不到的幽默和风趣。比如她装作要给西门庆做媒，说对方是个“生得十二分人物，只是年纪大些”。当西门庆来了兴致，问她“真个儿几岁”，她却说：“那娘子戊寅生，属虎的，新年恰好九十三岁。”不但把西门庆说笑了，连读者也给逗乐了。又比如，西门庆一天三四趟地往王婆的茶坊里跑，见了面，王婆偏说：“大官人来了，连日少见。”这话金圣叹读了都为之击节，称“真正妙绝”。再比如，眼看西门庆等那“妙计”等得心急火燎，她却说：“今日晚了，且回去，过半年三个月却来商量。”还有，当西门庆说茶钱以后一并付账时，她说：“不妨事，老娘牢牢写在帐上。”前言说“不妨事”，后语又声明是“牢牢”记着，一缀连，便透出许多幽默。

二是王婆的语言比阎婆更形象，有时还带点文采。这大概

瘦老班遷歲次庚寅年二月正值春節將辭前亞非畫於甬江北岸逸夫樓齋記

陳亞非

王婆的罪、更難赦
王婆的為人實在
中有一種習
慣成自，然的心
要來饒我頭子、
這方面特殊
未能的

与她开“茶局子”,常跟各种各样的茶客打交道有关。时间一长,有些话就耳熟能详了。比如向潘金莲夸耀西门庆的一段话,“家里钱过北斗,米烂陈仓;赤的是金,白的是银,圆的是珠,光的是宝。也有犀牛头上角,亦有大象口中牙”,简直是一首对仗工整的打油诗。其他像“入门休问荣枯事,观着容颜便得知”,“眼望旌旗至,专等好消息”等,虽说是“古人道”,但能张口就来又用得恰到好处,也算是王婆的本事。

如果说王婆为了银子撮合西门庆与潘金莲还情有可原的话,那么,尔后设计残害已生病卧床且准备息事宁人原谅潘金莲的武大,便是十恶不赦死有余辜了。

在谋害武大的过程中,王婆的凶狠、毒辣和胆量远远超过西门庆和潘金莲。西门庆得知打虎的武松是武大的兄弟时连连叫苦,王婆却发出令人不寒而栗的“冷笑”,她说:“我倒不曾见你是个把舵的,我是趁船的,我倒不慌,你倒慌了手脚。”俗话说,色胆包天,但在狠毒处,与王婆相比西门庆也不得不承认“我枉自做个男子汉”。王婆不但从容地策划和撮合了西门庆和潘金莲,还精心地策划和安排了谋杀武大。整个事件,王婆是一手包揽。王婆炮制的“斩草除根”计划,连西门庆听了都胆战心惊,说:“干娘,只怕罪过!”他“罢,罢,罢”,“罢”了好久才横下一条心,答应去取砒霜。而在王婆心中,那“罪过”两字早已同天良一道丧失殆尽。怕西门庆不放心,她再一次越俎代庖,说:“我自教娘子下手。”一副不杀武大誓不罢休的样子,非要置与她前世无仇今世无怨的武大于死地不可。

听王婆详细向潘金莲描述的下药方法、中毒症状、善后处理,不能不使人怀疑王婆可能并不是第一次干这样的勾当。当然,开“茶局子”的她有可能从社会上三教九流的闲谈中听得此类故事,但事件和过程可以耳闻,凶狠和胆量却无法模仿。从她“有甚么鸟事”,“有甚么难处”,“这个容易”的口气看,简直是一个杀人不眨眼的刽子手。读《水浒》至此,真想问问施耐庵,王婆的丈夫不知是不是寿终正寝的。

王婆不但狠毒,还细心。她特地关照西门庆:“只有一件事最要紧:地方上的团头何九叔,他是一个精细的人;只怕他看出破绽。”不出王婆所料,后来事情还果真从何九叔那里打开了缺口。幸亏老奸巨猾的何九叔多了一个心眼,佯装“中了恶”,蒙混了过去,没让同样是老奸巨猾的王婆看出破绽。否则,还真让王婆等一干人把这事处理得滴水不漏,了无痕迹;就像王婆设想的那样,“一把火烧得干干净净,没了踪迹,便是武二回来,待敢怎地?自古道:‘嫂叔不通问’。‘初嫁从亲,再嫁由身’。阿叔如何管得?暗地里来往半年一载,等得夫孝满日,大官人娶了家去,这个不是长远夫妻,偕老同欢?”

幸亏老天有眼,让武大有一个比王婆等更加胆大细致心狠手辣的兄弟。

不过,活在纸上的潘金莲与西门庆还真有造化,王婆设想的快活美景在《水浒》中没能过上,却在另一部奇书《金瓶梅》中变成了现实。可见王婆的想象还是有一定的根据和实现的可能。

武松终于回来了,然而已与兄弟阴阳两隔;一追问,事先应该清楚须向武松作一番解释的潘金莲竟支支吾吾答不上来。又是这个王婆,“生怕决撒”,连忙赶过来,对武松说:“都头却怎地这般说!天有不测风云,人有暂时祸福。谁保得长没事?”几句

话就把当时还不明真相的武松给噎住了。

但纸总归是包不住火的，潘金莲最后打熬不住招了，气得王婆大骂："咬虫！你先招了，我如何赖得过。"这时的王婆还算清醒，知道这番要"苦了老身"。其实何止是一个"苦"字了得，"省院"判决是"拟合凌迟处死"。多行不义的王婆终于被一刀一刀"剐"了。

同知县要好的宋江性起杀人可以被"出脱"，开"茶局子"的王婆谋财害命那是必须尝尝被"剐"的滋味。能说这法律公正么？能说这法律不公正么？这大宋的法律是有时公正有时不公正，关键是看对谁！西门大官人是被武松杀死的。武松不杀他，法律将如何处置他，肯定又是一个谁也猜不透的谜。或许就像《金瓶梅》中的结局，末了纵欲病死？当然，这已是另外一个话题了。就此打住。

孙二娘的十字凶坡

敢在荒山野林的十字坡杀人越货的孙二娘，即使穿着“绿纱衫儿”围着“红绢裙子”也没有多少动人之处，女人的本性早已失去，且“眉横杀气，眼露凶光。辘轴般蠢坌腰肢，棒锤似粗莽手脚”，纯粹一个“母夜叉”。

当初张青在光明寺种菜，因一时性起杀了和尚，烧了寺庙，走投无路中干起了剪径的勾当。谁知，强中自有强中手，一次抢劫不成，反“被那老儿一扁担打翻。原来那老儿年纪小时，专一剪径”，小强盗碰到当年也剪径的老强盗了。同行相见，惺惺相惜。那老儿不但不劝张青改邪归正，反而“教了许多本事”给张青，“又把这个女儿招赘小人做了女婿”。这个“女儿”不是别人，正是孙二娘。

孙二娘的父亲年轻时“专一剪径”，可见是一个仕途不通又不想勤劳致富的不法之徒。即使后来娶妻生女金盆洗手，干起了“挑担”(做生意)的营生，也不见得是放下了屠刀立地成了佛。江山易移，本性难改，那蛮横霸道之气犹存，靠“强力”谋生的想法不改当初。否则他也不会把杀人放火的张青视为“手脚活”，并把女儿嫁给他了。

有其父必有其“女”，孙二娘大概自幼就认定必须靠自身的

力量来与社会和世道抗争，因此“全学得他(她)父亲本事”，包括把父亲的蛮霸之气也继承了，以至于冷酷残忍，杀人成性，跟着也是干这一勾当的丈夫，来十字坡作恶行凶。

表面上，张青似乎还知道一些江湖规矩，行事把握分寸留有余地；而孙二娘是毫无节制一味蛮干，撞在她手里是格杀勿论，连一些本不该杀的人也杀。张青后来对武松解释说，他曾多次提醒孙二娘“有三等人不可坏他”：“第一是云游僧道，他不曾受用过分了，又是出家的人。”云游僧道，安贫乐道又与世无争，确是不该杀的。“第二等是江湖上行院妓女之人，他(她)们冲州撞府，逢场作戏，赔了多少小心得来的钱物，若还结果他，那厮们你我相传，去戏台上说得我等江湖上好汉不英雄。”行院女子，饱受欺凌，那钱物浸透血泪，杀而取之，不仁不义；而且口口相传，戏台说唱，于名声不利。可见舆论的力量，古今一致。“第三等是各处犯罪流配的人，中间多有好汉在里头，切不可坏他。”物以类聚，人以群分，本来就是一路货色，今不幸“流配”，当然是不可“坏”他了。

除了这三等人，一般的穷苦之辈，本来就没有多少油水，连一碗加了蒙汗药的酒都买不起，无疑也不是孙二娘和张青要“坏”的对象。那么，剩下的就只有官吏和商贾了。

商贾在中国古代历来是被痛恨的对象，经商暴发者更像过街老鼠，人人喊打。此等人既然杀之不足惜，沉甸甸的包裹又令人眼馋，过十字坡大概很难生还。官吏多贪婪，又作恶多端，平时近他不得，动他不得，到了十字坡，那就对不起了，下辈子再作威作福吧。

替天行道，与官府作对，是施耐庵早就打定的主意。因此，孙二娘完全可以放心大胆地去干，名声么，自有施耐庵替她粉饰。

尽管常要外出的张青多次提醒，但在家执政的孙二娘还是我行我素，常常胡乱“坏”客。鲁智深被药蒙倒后，孙二娘“正要动手”，张青“恰好归来”，这才刀下捡了一条性命。武松也差一点被杀，幸亏他多了一个心眼，看出“这妇人不怀好意”，没喝药酒，才占据了主动，把孙二娘“压”得“杀猪也似地叫起来”。而这时张青又正好归来，见状连连告饶，“纳头便拜”，于是救了自家婆娘。

让人觉得蹊跷的是张青常常来得恰到好处，要杀鲁智深是“恰好归来”，武松闹将起来，又“幸喜小人归得早些”。张青自己说是他“每日也挑些去村里卖”，因此常不在家，但我以为这是张青的遁词。很可能是张青故意躲了起来，说是外出其实就在附近，坏了不该坏的客，是“浑家”糊涂，不关他事；救了该救的人，是他慧眼识英雄，刀下救好汉；碰到失策失手引火烧身时，便“大踏步跑将进来叫道：‘好汉息怒！且饶恕了！’”不当之处都是“小人的浑家，有眼不识泰山”的缘故，大事化小，小事化了，把谋财害命的罪恶勾当巧妙地遮掩过去了。

相比之下，孙二娘比丈夫显得直率，她说起此歹心“一者见伯伯包裹沉重”，“二乃怪伯伯说起风话”，当着丈夫的面挑明武松曾图谋不轨，言语调戏。弄得武松也不好意思起来，忙声明：“我是斩头沥血之人，何肯戏弄良人。”武松沦落成“斩头沥血之人”不假，但孙二娘算何方“良人”？如果看出对方不是良人，便可戏弄么？

论武松不是本文任务，特抄一段金圣叹的评语，供读者自

歲次庚寅年春六月

孫二娘的十字坡

蔽在荒山野林的十字坡殺人越貨的孫二娘雖東是婦人而潛意識裏早把自己形成一個笑傲江湖的男人了

鉴。金圣叹评道:“十字坡遇张青一案,翻腾踢倒,先请出孙二娘来。写孙二娘便加出无数笑字,写武松便幻出无数风话……殊不知作者正故意要将顶天立地、戴发噙齿之武二,忽变作迎奸卖俏、不识人伦之猪狗。上文何等雷轰电激(指武松大闹阳谷县),此处何等展眼招眉;上文武二活是景阳冈上大虫,此处武二是暮雪房中嫂嫂……(武松与孙二娘)相见后,武松叫无数嫂嫂,二娘叫无数伯伯,前后两篇,杀一嫂嫂,遇一嫂嫂。先做叔叔,后做伯伯。”(详见《水浒传(会评本)》)武松以此写活,血肉可见。

孙二娘不但凶狠,也野得出奇。事关营生,即使不知武松没被蒙翻,但放着两个雇用的汉子在眼前,有“脱那绿纱衫儿,解了红绢裙子,赤膊着”来提人的么?其实,孙二娘除了穿红着绿,装束是妇人,而潜意识里早把自己看成是一个笑傲江湖的男人了。男人逢乱世当然需要弄枪使棒;男人干粗活当然可以赤膊上阵。孙二娘失了本性,由此可见一斑。

世上也许不会真有如此险恶的十字坡,但不坏人性命却等着“宰人”的酒家今天也难免会碰上。因此有“沉重包裹”时须小心那美酒里的迷魂汤,因为“孙二娘和张青”要对付的目标古今相同。

白秀英的勾栏剧目

白秀英同阎婆惜一样，也是来自娱乐业发达的大宋东京，所不同的是阎婆惜一家是在走投无路的情况来郓城县落脚的，而白秀英父女却是凭本事来郓城县“开勾栏”，即来戏院演出的。白秀英“色艺双绝”，想必在东京也大有市场。那么，她为什么还要来这堪称是非之地的小地方——郓城县呢？

关于这个问题书上自有交代，“原来这白秀英却和（郓城县）新任知县旧在东京两个来往，今日特地在郓城县开勾栏。”既然同郓城县的第一把手是相好，当然可以大胆来此“走穴”捞一把了。既然是来自东京的“双绝”，想必能让小县城的人大开眼界，生意肯定红火。也许，白秀英来郓城还是相好特地邀请的，一来能在白秀英面前显示一下新任知县的威风，二来也可以旧梦重温。然而，即使与知县有这样一层关系，作为艺人的白秀英父女初来乍到还是处处赔着小心，唯恐稍有疏忽，得罪了郓城县方方面面的头面人物，因此连小小的都头雷横也在事前“参拜”之列。由此可见，干这营生确实不容易，用张青的话说是“冲州撞府，逢场作戏，赔了多少小心”！

将雷横列入参拜之列却没能“挂上号”，错不在白秀英父女，这有李小二的话为证：“那妮子来参都头，却值公差外出不

歲次庚寅春二月細雨
獨西軒主[illegible][illegible]記

伯香兄的勾欄劇目
使它這能的伯香兄本
想在鄴城的勾欄大顯一
番身手沒想到小小的
一句疏忽竟命歸
黃泉一句噓……！

在。”而白秀英也许正因为同知县有那层关系，所以才敢只来一趟没有面“参”雷都头就算数了。看来，小心翼翼以为摆平了郓城县所有的凶神恶煞，因此可以放心大胆赚钱的白秀英父女还是大意了。

如果说雷横后来枷打白秀英是出于孝心，出于被迫，那么，事情的起因却毫无疑问是雷横一手造成的。当时，出公差回来的雷横闲来无事逛街寻消遣，恰好碰上了“本县一个帮闲的李小二”，李小二告诉雷横：“近日有个东京新来打踅的行院，色艺双绝……那妮子来参都头，却值公差外出不在，如今见在勾栏说唱诸般品调……或是戏舞，或是吹弹，或是歌唱，赚得人山人海价看。都头如何不去睃一睃？端是个好粉头！”既是个“好粉头”，雷横当然心动，哪有不睃之理。金圣叹在这里批道：“（李小二）声声口口，真令雷横耳热脚痒。”（见《水浒传（会评本）》第934页）再说，那妮子来“参”过他，更让雷横飘飘然，自我感觉良好，于是“便和那李小二径到勾栏里来看”。

去勾栏看舞听戏毕竟不同于瞧街头杂耍，钱肯定是要付的，但雷横根本没有留意自己是否带了钱，便径直去了，而且还大大咧咧地“去青龙头上第一位坐了”。看来这位雷都头在郓城县里是横行霸道惯了，说不定平时下馆子看戏什么的，单凭头上这顶小得不能再小的乌纱，便可随心所欲分文不付。谁知这一次因为白秀英父女不认识他，使他这顶都头的小乌纱没起什么作用，三番五次讨钱，终于惹恼了暴躁蛮横的雷都头，“揪住白玉乔，一拳一脚，便打得唇绽齿落”。名为都头，此时却露出了一副十足的泼皮流氓相。

平心而论，开始的时候白秀英父女并没有因与知县相好而仗势欺人。听戏付钱本来就是天经地义的事情，而且白秀英在台上又是“参拜”，又是念诗，尔后“开话又唱，唱了又说”，很是卖了一番力气。轮到要“赏”钱的时候，只见“白秀英拿着盘子，指着道：‘财门上起，利地上往，吉地上过，旺地上行，手到面前，休教空过。’”虽是讨钱，却也说得朗朗动听颇具文采，真是煞费了苦心。后两句虽直白，但也说得在理，如果回回空过，那不得喝西北风了？

但雷横没带钱，他是准备让那盘子“空过”了。不想一开始就触霉头让盘子空过的白秀英于是耐着性子给雷横赔笑脸打比方，“白秀英笑道，‘头醋不酽二醋薄’，官人坐当其位，可出个标首”。雷横这时只得实话实说：“我一时不曾带(钱)出来。”末了还不忘加一句：“非我舍不得。”白秀英这次收起笑脸了：“官人既是来听唱，如何不记得带钱出来？”这话问得极好，但雷横偏要强词夺理：“(要是带了钱)我赏你三五两银子，也不打紧。”这话不用说白秀英，旁人大概也听不得，白秀英当即给予驳斥：“官人今日见一文也无，提甚三五两银子，正是教俺‘望梅止渴，画饼充饥’。”占了理的白秀英出口成章，步步紧逼，把看白戏的雷横羞得无地自容。

白秀英的父亲白玉乔这时插进来的出发点是为了打破僵持的局面，劝女儿“且过去”另找肯捧场的“标首”，但因为让坐了第一排第一位的雷横白白“享受”了一番却不见分文，所以话是说得很难听的：“我儿，你自没眼，不看城里人，村里人，只顾问他讨甚么？且过去自问晓事的恩官，告个标首。”金圣叹在这里批道：“骂女儿，却是骂雷横”，“赞别人，却又是骂雷横”。(详见《水浒传(会评本)》)这正好给佯装糊涂“我怎地不是晓事的”

的雷横寻着了爆发的由头。而白玉乔嘴皮痛快的代价却是"唇绽齿落"，被雷横打成了"重伤"。

白秀英处理这事也算冷静，即"叫一乘轿子，径到知县衙内，诉告雷横殴打(她)父亲，搅散勾栏，意在欺骗(侮)奴家。知县听了，大怒道：'快写状来！'"雷横撒野，确该处罚，然而因为知县同白秀英有那层用书中话说是"枕边灵"的关系，便变成了轻罪重罚，雷横被"当厅责打"不够，又"将具枷来枷了，押出去号令示众"。

事情本来到此可以了结，不料白秀英偏"要逞好手，又去知县行说了，定要把雷横号令在勾栏门首"，遂露出了小人得志不依不饶的丑态。贪"色"枉法的知县当然又依了她。只是"这一班禁子人等，都是和雷横一般的公人"(说不定平时也同雷都头一样横行霸道)，不想把雷横绑在"勾栏门首"，单让雷横戴枷站着示众。特地去勾栏对面的茶坊坐着监视的白秀英见处罚打了折扣，当然不高兴，于是对这班当差的"禁子"说："你们都和他有首尾，却放他自在(戴了枷还算自在？)……少刻我对知县说了，看道奈何得你们也不？"禁子果然"没奈何"，只得"公事公办"，把雷横绑了。

白秀英坚持要把雷横绑在勾栏门首，自有她的用意：一方面是为了"逞好手"，仗色欺人，替父出气；另一方面也是为了"杀一儆百"，保证以后的勾栏演出不再发生有人闹事"一哄尽散了"的局面。你想，连都头不恭也得乖乖地绑于门口，谁还敢再到勾栏撒野？真是一石二鸟，一箭双雕！

按说，仗色逞能的白秀英巧耍手腕，惧怕上司的雷都头甘愿忍受，应该是相安无事了，却偏让雷横的母亲瞧见了，于是再起风波。留在母亲印象里的雷横大概是处处受人尊敬，事事享有特权的。今见儿子被绑在热闹的公共场所让人指指点点，这打击实在是太大了，她老人家如何受得了？她说："几曾见原告自监着被告号令的道理？"不愧是都头的母亲，话说得很有道理，处罚应该由官府来公正地执行，而白秀英坐在茶坊里，得意洋洋地"看管"着被绑在勾栏门口的雷横，给人的感觉无疑是"原告自监着被告号令"。而接下去雷横的母亲"自去解索"，并说："我且解了这索子，看他(她)如今怎的！"就有点以身试法的味道了。毕竟，把雷横绑在勾栏门口是郓城县执法官知县拍板的，是否公道是另一回事，而私自解索等于藐视法庭自行减"刑"，比白秀英的"原告自监着被告号令"是有过之而无不及。

这次，白秀英不再通过禁子来阻止，而是自己直接来干涉了。可能她以为雷横的母亲不是她的对手，好欺侮，因此用不着再去要挟禁子就能稳操胜券。雷横的母亲当然不是青春妙龄又练过"戏舞"功夫的白秀英的对手，被白秀英一掌"打了个踉跄"，接着是"老大耳光子，只顾打"。这下，"孝子"雷横顾不得知县，顾不得乌纱了，于是手起枷落，把白秀英劈死了。

同宋江杀了阎婆惜自有人"出脱"他一样，雷横有朱仝相助，末了也一走了之，投奔梁山去了。而"色艺双绝"的白秀英本来以为有与知县相好这一层关系，可以在郓城的勾栏大显一番身手，没想到一个小小的疏忽，没有面"参"都头，引起一场本不该发生尔后又被她推波助澜的纠纷和官司，终于被比她更蛮横的雷横一枷打入地府去了。当然，那勾栏是不会因此冷落的，即使刚刚血溅门首，转眼又会上演更精彩的人间剧目。

玄女的破庙仙境

玄女是《水浒》中唯一一个来去无踪的神秘女性。玄女的全称为九天玄女娘娘，是中国古代神话中还算有名的女神，后特为道教所信奉。就像女娲是人头蛇身一样，玄女相传为人头鸟身，系圣母元君弟子、黄帝之师。《云笈七签——九天玄女传》载："黄帝与蚩尤战于涿鹿，玄女下降，以六壬、遁甲、兵符、图策、印剑等物授于黄帝，并为制犀牛鼓八十面，遂破蚩尤。"

看来这位神女天庭寂寞，爱管凡界闲事，屡屡带着神秘法器并预泄天机来干涉人间的纷争与战事，帮了黄帝不够，又在《水浒》中来帮刀笔吏出身的宋江了。

在"还道村受三卷天书，宋公明遇九天玄女"一节开头，李卓吾先生评道："凡小说戏剧，一着神鬼梦幻，便躲闪可厌，此传亦不免，终是扭捏。"（见《水浒传（会平本）》第 773 页）真是一针见血，与对《水浒》一味称颂的金圣叹相比，李贽有时显得更为清醒和客观。

玄女的出现，是在宋江上了梁山准备大显身手之际。当时，宋江为了消除后顾之忧，以便在与官府的对抗中轻装上阵，提出要把受江州之事牵连而有杀身之虞的他的父亲和兄弟接上山。不料，遭到晁盖的婉言拒绝。没奈何，宋江只得孤身前往探视。尽管一路小心翼翼，但还是被正要捉拿他的官府发现了。一通穷追，宋江慌不择路，逃进了还道村的死胡同。走投无路的宋江只好祈求“皇天可怜，垂救宋江则个”，躲进这“墙垣颓损，殿宇倾斜”的“玄女之庙”听天由命了。

破庙本来就藏不住人，再加上举火把的士兵发现“这庙门上两个尘手迹，一定是却才推开庙门，闪到里面去了”。陷入绝境的宋江此番休矣！谁知，宋江竟绝处逢生，莫名其妙地得救了。接着“青衣女童”光临，“莺声燕语”入耳，玄女的超能力一出现，宋江就“柳暗花明又一村”了。到了书中的第八十八回，宋江破辽无术连连损兵折将，玄女又一次出现，像当年帮黄帝破蚩尤一样，传宋江破“混天象阵”之法，使宋江再一次因得神助，反败为胜。

《西游记》是神话小说，孙大圣无能为力时搬出菩萨情有可原，但《水浒》非神话小说，惊险处也出现这样的乱神怪力，不免使人大倒胃口。当然，作者让玄女出现自有他的意图。可如果抛开玄女所负的“神圣”使命，单从现实情节发展来看，用神力来解决人间的困境，无疑是一种十分简单和乏味的处理方式，给读者的感觉只能像李贽所说的那样，是“可厌”和“扭捏”的。

《水浒》中玄女的形象与传说中的人头鸟身相去甚远，“脸如莲萼，唇似樱桃，自在规模端雪体”，像人间美貌的贵妇人。“头绾九龙飞凤髻，身穿金缕绛绡衣”，“两边都是青衣女童，持笏捧圭，执旌擎扇侍从。正中七宝九龙床上，坐着那个娘娘”。如此似曾相识的描绘，给人的感觉是少了九天之上的仙气，多了人间宫廷的俗气。

在作者的潜意识里，握有至高无上权力的人大概总是端坐

這位神女來自天庭寂
寞愛管凡界閑事
處處帶着神秘法器
并預泄之機來平衡
人間的紛爭

歲次庚寅年春之月
聽雨軒主亞飛并記

陳亞非

玄女的破廟僊境

龙床，左拂右扇，类似人间帝王，就是仙女也只能以这样的面目出现。换张不镶宝雕龙的普通床椅试试，即使玄女法力无边，少了衬托和依附，不也等同于一般凡界女子了么？也难怪，九天之上的情景无人知晓，因此作者只能根据人间的模式来描写想象中的神女，就像书中说的那宫殿“若非天上神仙府，定是人间帝主家”。神仙府谁也无缘亲见，于是九天玄女也只好住“人间帝主家”，坐“龙床”，戴“凤髻”，穿“金缕”，成了一个珠光宝气俗不可耐的后宫娘娘。

玄女的出现尽管让人感到“可厌”和“扭捏”，但她的登场却负有作者赋予的重大使命。首先，《水浒》一书中“替天行道”的观点主要是通过宋江的行为来体现的，而宋江明确自己该干什么和该怎么干主要是通过玄女授书获得的。作者通过玄女之口告诉宋江：“传汝三卷天书，汝可替天行道为主，全忠仗义为臣，辅国安民，去邪归正。”作者清楚，这种直抒题意的话只能由代表上天旨意的九天玄女说出，换了别人既显得不伦不类，也缺乏应有的力度。

其次，玄女的这番话是在宋江上了梁山而尚未掌握梁山最高权力的时候说的，这一方面表明上天已把“救世”的希望寄托在是星主下凡的宋江身上，而抛弃了被打入另册（不属一百零八个星宿）的目前的首领晁盖；另一方面是希望通过宋江来改变或者说是确立梁山聚义的最终目的——替天行道！

宋江在江湖上享有的盛名，使他有可能成为梁山的最高统帅。尽管晁盖临死时还不想把权力移交给实际上已坐定第二把交椅的宋江，立了一条对常常不打头阵也无力打头阵的宋江来说是可望不可即的苛刻的临终遗言：“但有捉得史文恭者，不拣是谁，便为梁山泊主。”尔后，“捉得史文恭者”果然不是宋江，而是卢俊义。如果遗嘱有效，那么梁山泊的第一把交椅应该由卢俊义来坐，而不是宋江。看来，不属一百零八名星宿之列的晁盖处处跟上天或者说是跟玄女过不去，这也难怪他不能被封为星宿了。

不是星宿的晁盖终究是生活在人间，与洞悉一切预知未来遨游在九天之上的玄女当然无法匹敌。玄女完全可以超越人间规则，对上天或者说就是她自己的意中人宋江面授机宜，告诉他坐上梁山泊第一把交椅的方法。吴用当时是仅次于宋江的第三号人物，宋江要做梁山泊主，吴用是个起关键作用的人物，因此玄女关照和暗示宋江“此三卷天书，可以善观熟视，只可与天机星同观，其他皆不可见”。别人当然不能看，否则不就泄漏了玄女的“天机”？而吴用是必须参与的。宋江当然知道天机星是谁，不知道玄女也会告诉他，否则“与天机星同观”不就成了一句空话？

什么文件能看什么文件不能看，直到今天仍是一种代表信任度的待遇和显示等级制的标准，而吴用获悉自己是可观天书的第二人，肯定是受宠若惊感激涕零了。为了不辜负玄女的信任与希望，在扶宋江坐上梁山第一把交椅的过程中吴用是立下了汗马功劳。在“卢俊义活捉史文恭”一节里，宋江刚一提“与众弟兄商议立梁山泊主”的事情，吴用便置晁盖的遗嘱于不顾，带头说道：“兄长（指宋江）为尊，卢员外为次。”接着又大搞阴谋诡计，“以目（暗）示人”，联络拥宋将领，再次发难：“兄长为尊，卢员外为次，人皆所伏……（否则）冷了众人之心。”使宋江最终以上天的名义成了梁山泊无可争辩的领袖，在急不可待地把“聚

义厅”改为“忠义堂”后，带领众人乖乖地去“全仗忠义”接受招安，“替天行道”征战辽西。而所有这一切的真正幕后操纵者就是这个“脸如莲萼，唇似樱桃”的美妇人——九天玄女！

如果我们姑且相信宋江是“星主”，那么这个生活在九天之上的玄女与宋星主的关系确实不错。见了面，玄女的第一句话就是“星主别来无恙”，而且提醒宋江“不必多礼”，俨然一副老朋友的口吻，且连连劝酒送枣，盛情款待，并告诉已入凡界因此懵懂茫然的宋江下凡的真正原因：“玉帝因为星主魔心未断，道行未完，暂罚下方，不久（即可）重登紫府。”“若是他日罪下酆都（指鬼城），吾亦不能救汝。”玄女是准备救宋江脱凡尘成正果的，以便“他日琼楼金阙，再当重会”。既是“重会”，可见以前曾在一起过。到了八十八回，玄女再次对宋江说：“他日琼楼金阙，别当重会。”玄女盼宋江归天之情深意切，溢于言表。

天上星宿无数，“魔心未断，暂罚下方”者也不计其数，光在梁山聚会的天罡星就有三十六位，玄女单单托梦救命于宋星主，并想方设法让他早日入仙境，用人间俗眼来看称得上交情不浅。宋江在凡界先娶行院女子阎婆惜，后会东京名妓李师师，上了天堂大概也不会寂寞。只是不知宋江“杀惜会妓”且杀生无数，在九天玄女娘娘眼里该不该“罪下酆都”？

附

宋江的梁山交椅

1

《水浒》第七十一回梁山英雄排座次是全书的一章大回目，

其重要性自不待言。前七十回,该打的仗打了,该聚的人聚了,到了这时,好像是应该排一排座次了,因为排座次是保证占山为王自成格局的落草团伙内部相安无事的一个重要举措和必要形式。梁山好汉虽称兄道弟似乎亲如手足,但在这件事情上也不能免俗和含糊,所以座次还是要排一排的。

梁山排座次的与众不同之处,是安排交椅位置的名单不是由带原始民主色彩的推举和谦让确定,而是由上天内定并隆重公布,因此便具有不可更改的权威性和不可言说的神秘性。然而,聚义梁山的这一百多个非凡人物是不是都相信这座次确系上天的旨意?是至高无上类似九天玄女这样的天神在参与和安排?如果相信并认定自己是什么天罡星地煞星下凡,那么以前九死一生的征战经历在他们眼里会变得无足轻重如同儿戏吗?因为既然是星宿,那不管经历怎样的曲折和面临怎样的风险,他们都注定要活到也会活到排座次的这一天,以便上天对他们论功行赏册封表彰。这样看来,宋江不杀惜也会上梁山;武松不披袈裟官府也认不出;鲁智深也根本不用在野猪林辛苦潜伏,因为林冲本来就不会死。而不在此列的晁盖就是命再大运气再好也在劫难逃。否则他坐第几把交椅?是排在宋江之前还是排在宋江之后?还有,如果他不死,那带着诨名或者简直就是生前预赐名号的星宿也就不是一百零八个而是一百零九个了。

这种早已决定结果的安排既乏味也蹊跷,但如果我们换一个角度来看,即把这神秘的排座次看成是书中人物有预谋的假借天意,那就显得生动有趣顺理成章了。

细读全书,发现这种可能性是存在的,那就是梁山英雄排座次是一个精心布置的骗局。这场骗局的主角是宋江,出谋划

策的是吴用,参与者是公孙胜。

2

《水浒》第七十一回是这样开头的:“话说宋公明,一打东平,两打东昌,回归山寨,计点大小头领,共有一百八员,心中大喜。”这高兴得有点莫名其妙,如果说是因为梁山此时人强马壮值得庆贺倒也罢了,偏偏是因为有了一百零八个头领而“心中大喜”,是宋江有天人感应的先知先觉,还是此时此刻他正另有打算?如果再发生战事,再有好汉来投靠,他是该大喜还是小喜,抑或不喜?

以为机会来了或时机已成熟的宋江高兴之余马上提议:“我心中欲建一罗天大醮,报答天地神明眷佑之恩……我欲行此一事,未知众兄弟意下如何?”在对此事的前因后果一无所知只贪眼下热闹的众头领闹哄哄地称“此是善果好事”时,吴用便道:“先请公孙胜一清主行醮事,然后令人下山,四处邀请得道高士,就带醮器赴寨,仍使人收买一应香烛、纸马、花果、祭仪、素馔、净食,并合用一应物件。”与宋江配合得何其默契,只是那不假思索随口而出却又显得极其周到的安排给人的感觉是早有计划和准备,而且怕人夺了这差事似的一开口便特别点明要公孙胜主行醮事。要知道在人才济济的梁山会神神道道这一套的也不光是公孙胜,还有朱武、戴宗等人呢!

在宋江假惺惺地“欲行此一事”尚在征求大家意见时,不是一寨之主并一贯给人以谦逊礼让印象的私塾教书匠吴用,迫不及待地确定由公孙胜主行醮事,置众兄弟甚至宋江的意见于不顾,仿佛这样的安排一定合宋江的心意而且果真合宋江的心意。这只能说明此事是他们预先商量好的。

接下来选定日期,在“堂上扎缚三层高台”,用以做醮。关于醮事进行的过程书上是这样写的:“当日公孙胜与那四十八员道众,都在忠义堂上做醮,每日三朝,至第七日满散。宋江要求上天报应(这已与众人最初以为只是报恩的“善果好事”有了很大的不同),特教公孙胜专拜青词,(青词是道士斋醮祈天时用朱笔写的奏文,因写在青藤纸上,故称青词。宋江什么时候对道教也有了研究因而变得如此内行?抑或是谋划时说到过青词于是一不留神脱口而出?)奏闻天帝,每日三朝。却(恰)好至第七日三更时分,公孙胜在虚皇坛第一层,众道士在第二层,宋江等众领头在第三层,众小头目并将校都在坛下。众皆恳求上苍,务要拜求报应。是夜三更时候,只听得天上一声响,如裂帛相似,正是西北乾方天门上。众人看时,直竖金盘:两头尖,中间阔,又唤做天门开,又唤做天眼开,里面毫光射人眼目,霞彩缭绕,从中间卷出一块火来,如栲栳之形,直滚下虚皇坛来。那团火绕坛滚了一遭,竟钻入正南地下去了。此时天眼已合,众道士下坛来,宋江随即叫人将铁锹锄头掘开泥土,根(跟)寻火块。那地下掘不到三尺深浅,只见一个石碣,正面两侧,各有天书文字。”上天果然不负有心人,按时发下排名文件来了。

然而对这段文字只要细加分析,就会发现有作假的可能。首先,宋江要求上天报应,而且胸有成竹,仿佛知道高台一筑,醮事一做,上天一定会回应,而回应的时间也刚好同醮事的安排不谋而合。预定“至第七日满散”,第七日果然不同凡响。如此说来也真替主行醮事的公孙胜捏一把汗:上天回应要是早了,以下的醮事怎么做?要是迟了比如至第八日或第九日,那兴师动众劳民伤财的醮事不白做了？过分的巧合往往并不是巧合。

其次，关于开天门的声音和滚下的火团很可能是人为的。书上写得明白，当时在虚皇坛最高层的只有公孙胜一人，众道士在第二层，众头领在第三层，众小头目站得更低。既然公孙胜一人在上面，而且又是夜里，谁又能看清他在干什么？他完全有充裕的时间和隐蔽的场所干他想干的任何事情。公孙胜作为多年游荡江湖的道家方士，装神弄鬼耍几套道士的小把戏应是轻而易举的事情。那“天上一声响(注意:不是一声巨响,只是一声响),如裂帛相似”,或许就是在裂帛。公孙胜大的响动弄不出来,用力撕开丝织品应该是没问题的。那一块火“如栲栳之形”(栲栳,是一种用柳条编成的盛谷器具,形状像斗),或许就是一只栲栳,只不过装了木炭火药之类的燃料而已。至于“绕坛滚一遭”,在栲栳上牵根线甩一下就成了。还有,在这段短短的文字里两次提到“每日三朝”、“三更时分(候)”,决非偶然。设想一下,如此辛苦多日,到了第七天三更时分谁不迷迷糊糊恍恍惚惚?在这样的情况下,来自天上的声音、火块与来自三层高台上的声音、火块分得出那才是一件怪事!

更让人觉得蹊跷的是,那火熄灭(看上去像钻入地下)后,没人想到会出现奇迹和怎样去发现奇迹,唯有“众人皆醉我独醒”的宋江料事如神地想到地下或许有什么,“随即叫人将铁锹锄头掘开泥土”,要去“根寻火块”。宋江不会不知道用铁锹锄头哪里能从泥土中找到什么火块,而找埋在地下的石碣什么倒正该如此。只是他不想直说,故意装疯卖傻(这方法他采用不止一次了)地要去寻什么“火块”。这异想天开的举动正好说明“天开”必源于另有所图的“异想”。

退一步说，就算老天确实想有所“报应”，给梁山好汉排一排座次，那么石碣也用不着费如此大的周折钻到地下去，非要让有心人如宋江叫人用铁锹锄头把它挖出来才现“真身”（如果连宋江等人也没想到或没叫人挖掘，那可怎么办）。跟滚下来的栲栳似的火块一样，直接掉下来立在地上不是更省事和更万无一失，而且也更能体现上天的无穷威力？为什么要舍近求远地留在地下，而又不到三尺让人一挖即现？解释只能是预先埋在那里的。因为把石碣搬上高台再扔下来容易暴露，而公孙胜独自一人是不是能搬动这刻有一百多人姓名星名绰号因此体积不会太小的石碣也难说，所以只能预先埋在地下，来一个神不知鬼不觉。不过是宋江而不是别人“猜”到（大概除了参与者别人也不可能猜到）那地下可能埋着什么，使这应该说是十分谨慎的安排还是不可避免地露出了一丝马脚。

3

那石碣挖出来之后，因是天书，上面刻的“乃是龙章凤篆，蝌蚪之书，人皆不识”（既然人皆不识，那这上面的文字是否一定是天书就很难说了）。看来老天也是喜欢玩花样的，既要回应，无所不知无所不能的上天刻上人间的文字不就行了，却故意要设置重重障碍，刻上那人皆不识的蝌蚪状玩意儿。

按理说公孙胜应该识天书，他撰写青词，奏闻天帝，与上天对话过。然而似乎是为了摆脱干系和嫌疑，以便造成更逼真的效果，他也推说不识。如果真的没人能辨认这好不容易得到的上天“回应”，可怎么得了。其实根本用不着担心，一切都早已安排好了。这样折腾一番只不过是为了让众头领更信服而已。这不,“众道士内有一人姓何,法讳玄通(何玄通,此名有意思。确实哪里能通玄,骗骗人罢了),对宋江说:‘小道家间祖上留下一册文书,专能辨验天书(一本不知从何而来的翻译词典),那上面自古都是蝌蚪文字,以此贫道能辨认,译将出来,便知端的。’宋江大喜(又是大喜)说:‘幸得高士指迷,缘分不浅,若蒙见教,实感大德。唯恐上天见责不言,请勿藏匿,万望尽情剖露,休遗片言。’”

如此看来宋江是不识天书无疑。然而,读者大概不曾忘记,第四十二回宋江在还道村遇九天玄女,受过三卷天书!当时玄女对他说:“玉帝因为星主魔心未断,道行未完,暂罚下方,不久重登紫府,切不可分毫懈怠——此三卷之(疑为“天”字草体误笔)书,可以善观熟视,只可与天机星同观,其他皆不可见。”既然需要“善观熟视”,可见玄女清楚宋江是识得天书的,而且连吴用也识得。因为“其他皆不可见”,所以也就不存在请类似何玄通这样识得天书的人翻译的可能。如果曾请过这样识天书的人,此刻知道何玄通能识天书,宋江也就用不着“大喜”并说“幸得高士指迷,缘分不浅”了,他把那人再请出来不就行了?或者说玄女授的天书写的是人间文字,但何玄通的话又对此构成了矛盾:“那上面自古都是蝌蚪文字。”不但证明一直如此,而且也排除了天上进行文字改革的可能。或者说九天玄女与排定座次的上天属两个“系统”,可玄女又说玉帝(天庭之主)何如何如,像是替上天带信给宋江,所以也就不可能像佛道那样分属两个系统。或者说宋江因为看不懂天书而没看,但第八十八回宋江再次遇玄女,玄女对他说:“吾传天书与汝,不觉又早数年矣!汝能忠义坚守,尚未少怠。”宋江只字未说不识天书,只说:“臣自得蒙娘娘赐与天书,未尚轻慢泄漏于人。”也就说只是自己(可能包括吴用,因玄女允许)“善观熟视”而已。

由此可见,宋江和吴用是识天书的,但面对刻在石碣上的“天书”(那上面人皆不识的文字或许就是他们借了其他民族的文字胡乱刻上去的)却讳莫如深,一概推说不识而要“高士指迷”了呢?这只能说明是心中有鬼,而让不是梁山中人的何道士说出,谁还能怀疑是他们做了手脚?

至于那位何道士玄通,要买通那还不容易?而且那来自“四远”各不相识的道士本来就是由吴用和“主行醮事”的公孙胜授意请来的,只要预先提供名单给其中一个可靠的道士,比如何玄通,到时让他如此这般装模作样来一番表现绝对是没问题的。那册不曾出示的翻译文书就是不说祖上所传,随便找一个借口说是路上捡来的大概也无从查证。果然,完事后,“宋江遂取黄金五十两,酬谢何道士”。有如此重金作诱饵的一笔交易,区区一个小道士还不趋之若鹜?

排定座次的名单公布了,晁盖果然不在其列。是因为他死了?但星宿也难免一死啊!这在排了座次以后的战事中很快得到了印证,而且也看不出星宿同常人在丧命的原因和过程中有什么异样与不同。如果晁盖在其中,那就该当别论了,至少能让人相信这名单可能是上天预先排定的,但偏偏不在其“册”。在“册”的只是眼下聚集到梁山的头领(至于以后死了或走了那与上天的排名无关),给人的感觉是先有偶然的聚义,后再有根据现状的排名。这多少也从另一方面加重了人为的痕迹。

还有,新定座次中吴用和公孙胜的排名显得十分靠前,分别是第三和第四把交椅,除了放一个在山外地位和名声都十分显赫的卢俊义在上面(这也是出于貌似公正的考虑,毕竟有晁盖遗嘱在,但卢上梁山不久,在水泊的根基尚浅,根本掌握不了实权),已处一人之下万人之上的地位。论资历,林冲比吴用还早;论战功,公孙胜哪里及其他头领;而让几乎没干过什么值得称道的事情的朱武,排在了地煞星之首,是不是担心也谙此道的他揭穿了把戏,从而给了他物超其值的座次?还有像宋清,要不是他兄弟是宋江,也绝对不可能成为掌握梁山财权的什么地俊星。个中原因,大概只有“天”知道。

4

宋江自从晁盖归天后实际上已成了梁山的最高统治者,既然如此,为什么还要费如此大的周折,冒如此大的风险去假借天意排座次呢?原因大概有这样几个方面:

一、“一打东平,两打东昌”后,梁山水泊人强马壮,威震一方。虽然还有强大的朝廷与之对峙,但朝廷远在东京,一时也无法调集更多的兵马来攻打围歼;而周围目前已无强敌可与梁山抗衡,水泊暂时进入了一个“西线无战事”的安全期。然而这时梁山的人数已从当时王伦的“五七百人”发展到数万或数十万,光是名震江湖身怀绝技的头领就有一百多个。数量如此庞大的强人汇聚梁山难免会造成秩序的混乱和管理的困难,并且在分工和分配问题上极易产生矛盾。面对事实上已存在的令人不能心服口服的待遇差别,众人的不满情绪也在迅速蔓延滋长,比如宋江接了父亲上山,心直口快的李逵马上嚷嚷:“这个也去取爷,那个也去望娘,偏铁牛是土掘坑里钻出来的!”这些不满情绪的相互碰撞和叠加势必会产生各种对立的派别:比如早上山的与晚上山的；比如马上的战将与地上的勇士；比如出谋划策者与实际战斗者；比如走投无路自愿投奔的与养尊处优受骗落草的；比如原居高位的朝廷命官与闯祸起家的市井无赖等等。要解决这些不同利益派别的对立和不满情绪，唯一的办法便是重新排一下座次，分出大小前后，明确各自的权利和需要担负的义务。

二、这些头领都是来自五湖四海，不少人从小混迹江湖，凭着一身的武艺和特殊的本领闯荡人世，平时不但蛮不讲理，而且干的也是打家劫舍杀人越货的勾当，用常人的眼光看都是一些无法无天的亡命之徒，就连一些朝廷命官也大都是飞扬跋扈为所欲为的恃强凌弱者。这些自由散漫桀骜不驯的人现在为各自不同的原因和遭遇上了梁山，聚在一起谁买谁的账呢？稍有摩擦难免不旧病复发，以至于拳脚相加刀枪相碰。要克服这个致命的弱点以便忠于职守听候差遣，不节外生枝惹是生非，只能排一次极具权威且不可更改的位置。

三、梁山目前的等级和秩序是靠称兄道弟的哥们义气以及在江湖上的名声大小建立起来的，换句话说，也就是建立在礼让和虚名的基础上。这个基础毕竟不牢固，谁干了不仗义的事情坏了名声或做了有悖众意的事情让人不屑，都有可能从交椅上跌下来；甚至谁一时性起都可以说翻脸就翻脸，撕旗砍人一哄而散。所以要用排座次来建立新的不可逾越的等级制度，建立一种类似朝廷的中央集权，从而对各位头领形成一种自上而下的约束和无法推卸的使命。这对缺乏共同目标和信仰的聚义队伍来说是绝对必要的，它既能使上下步调一致，分工明确，共同对付强敌，又能防止内讧和无政府状态，使之成为一个稳固的小王国。

宋江作为一个既效力于官府又涉足于江湖的“脚踩两条船”的人物,“自幼攻读经史,长成亦有权谋”不过是为“他时若遂凌云志,敢笑黄巢不丈夫”在做准备,而他的权谋策略在这时得到了充分的发挥。他知道自己需要通过排座次来巩固在梁山不可动摇的领袖地位,从而实现“招安”和“光宗耀祖”的目的。当然,要实现这些目标光靠“仗义疏财”、“及时雨”等虚名是不够的,于是他想到了假借天意,而具体的计划布置和过程安排大概出自诡计多端的吴用。至于公孙胜可能也是吴用推荐的,一来公孙胜与吴用共事多时(从智取生辰纲开始),比较靠得住;二来自称能“呼风唤雨”的公孙胜无疑是装神弄鬼的最佳人选,至少比“次兄弟”朱武等更接近梁山的权力中心。

假借天意大概也是历代农民起义首领用来增加合法性和号召力的惯用手法。昔日的陈胜吴广起事前书“陈胜王”藏于鱼腹和夜作狐鸣大叫“陈胜王”,目的无非是要人相信陈胜为王是“天”意。近代太平天国的洪秀全更直截了当,干脆自称是代表上天意志的“天王”。这样的例子真是不胜枚举。以此类推,同样属于农民起义军的梁山首领完全有可能也采用这一手法来服众。在没有其他的方法,诸如建立特殊功勋和众人一致推举而产生有绝对权威的首领的情况下,假借天意是最保险和最稳妥的办法。因为在当时人们的心目中,上天的意志是不能违背的,故而也最能慑服众人;还因为天意虚无缥缈无从对证,所以最能受人青睐和被人利用。

果然,假借天意的座次一旦排定,宋江便立即宣布:“鄙猥小吏,原来上应星魁(明确告诉众人,他是星宿首领)……上苍分定位数，为大小二等（何止二等）……众头领各守其位，各休争执（可见对此是有争议的），不可逆了天言。”“诸多大小兄弟，各各管领，悉宜遵守……如有故违不遵者，定依军法治之，决不轻恕。”是啊，有了“天意”的保证，谁敢违抗就“决不轻恕”。地位一旦巩固，宋江也就无所顾忌起来，不远千里兴师动众去赏灯，丢掉不近女色的面纱去会东京名妓，填词抒怀，饮酒作乐，千金买笑，不一而足。

然而对这样的座次安排内心不服或心存疑虑的也大有人在。比如上梁山后一直沉默寡言的武松以及鲁智深、李逵等就直接或间接地发泄过对宋江专权并擅自改变梁山聚义宗旨的不满；而宋江靠假借天意牢牢掌握了梁山的领导权后，再也听不进反面意见，一意孤行。结果，专权不但葬送了梁山的前程，连宋江自己也落得个可悲的下场，成为另一类型的悲剧人物。从这个角度看，处心积虑辛辛苦苦炮制的梁山英雄排座次的成功，对宋江及其参与者来说，未必是一件好事。

诚然，读《水浒》不能像读《红楼梦》那样，从中考证出许多微言大义和弦外之音，但作为一部现实主义的作品，所透露的总是人间消息。不管作者的主观意图如何，作品中一切带有玄虚色彩的描述最终还是要显出社会生活的折光，神的身上也必定会留下人的痕迹。

潘巧云的情动无忌

不知施耐庵与潘姓是否有仇，抑或姓潘的女子伤过他的心？书中一百零八位英雄好汉几乎涉及了大多数姓氏，偏偏没有一个姓潘的，而与西门庆私通的金莲姓潘，与裴如海有染的巧云还姓潘，且都身负淫名，死于非命。

时运不济屡嫁“病夫”的潘巧云无疑是《水浒》中死得最惨的年轻女性。虽然潘金莲也被武松掏了心肝，但她毕竟有谋杀亲夫的命案在身；而潘巧云仅凭杨雄受石秀挑唆的那句“久后必然被你害了性命”的假设，就被残酷杀害，于情于理都说不过去，不但潘巧云不服，估计读者也很难认同，连把《水浒》抬至“天下文章无出其右”高度的金圣叹，对此也颇有微词：“夫金莲之淫，乃敢至于杀武大，此其恶贯盈矣，不破胸取心，实不足以蔽厥辜也。若巧云淫，诚有之，未必至于杀杨雄也。坐巧云以他日必杀杨雄之罪，此自石秀之言，而未必遂服巧云之心也。”（《水浒传（会评本）》第853页）

作为一个毫无社会地位可言的屠夫的女儿，潘巧云能先后嫁两个为吏的丈夫，容貌无疑是其唯一的资本。书中虽然没有直接描写潘巧云长得怎么样，但通过众僧的眼睛与举动，还是写出了潘巧云的美貌与性感：“只见那妇人乔素梳妆，来到法坛上，执着手炉，拈香礼佛……这一堂和尚见了杨雄老婆这等模样，都七颠八倒起来。”

虽然是夫死再嫁二婚头，但有“这等模样”的潘巧云在家里还是很有地位和威信的，不但杨雄让她三分，连父亲潘公也听她指挥：“先教师兄去寺里念经，我与你（指潘公）明日饭罢去寺里。”她要去报恩寺还愿，却让父亲对杨雄说，弄得杨雄也不自在起来：“大嫂，你便自说与我，何妨？”杨雄不知道，妻子去报恩寺是另有所图，心中有鬼，否则她想去替母亲还愿，根本不会在乎杨雄是否同意。

最让人觉得不可思议的是，与杨雄结婚不到一年的她，竟敢置杨雄的情感和面子于不顾，有外人石秀在场的情况下，在家里又是设坛又是请僧，大张旗鼓地为已过世两年的前夫王押司做道场。而对此不敢有半句怨言的杨雄只好借故躲开，“我今夜却限当牢”，否则无法阻止这场闹剧的他眼看妻子为另一个丈夫“拈香礼佛”超度追荐，那才尴尬呢！大概为了表示他并不反对这桩在别人眼中是十分蹊跷的佛事，或许是为了讨好妻子，表明他也很关心这桩佛事，只是公务在身“不得前来”，杨雄特地吩咐石秀“凡事央你支持则个”。谁知，心地阴暗被金圣叹称为“巉刻狠毒之恶物”的石秀到时“只推肚痛”，不但不“支持”帮忙，“却在板壁后假睡”，一分一分“瞧科”，终于被他抓住把柄后把一个相安无事貌似和睦的家庭弄得家破人亡惨不忍睹。

早已不是寡妇的潘巧云为什么敢在家里替前夫做道场，而丈夫杨雄又不阻止呢？唯一的可能就是这个有“楼上和水井”的不算小的家原本就是王押司的，杨雄只是入赘倒“填房”而已，否则哪有女方嫁到新家再替前夫超度的道理？即使王押司阴魂

不散也不敢来杨家消受香火啊！如果这里本来就是王押司的家，那就显得顺理成章了。杨雄不但不便反对，或许还认为有此必要——“追荐”王押司魂归西天，省得留在这里打扰。当然，为了避免场面的尴尬，“当牢”值班的借口是非找不可的。

作为“两院押狱”被尊称为节级的杨雄怎么会入赘倒插潘家或王家呢？原因可能是杨雄任职不久根基尚浅，至少“娶”潘巧云时还囊中羞涩。书中说得明白，他原本是河南人氏，是跟在此做知府的一个叔伯哥哥来河北蓟州的。那个叔伯哥哥后来不知何故不做知府了，于是杨雄“流落在此”。既是流落，处境可想而知。他做两院押狱还是因为“续后一个新任知府，却认得他”。但从“一个月倒有二十来日当牢上宿”和“兼充市曹行刑刽子”来看，也是一个辛苦差使。除此之外，连一个小小的军汉也敢在大庭广众之下敲诈他，还是他丈人听说后不顾年迈体弱“带领了五七个人”赶来相助解围；知道石秀与杨雄结了义，潘公高兴地说，以后“谁敢欺侮他”！可见虽有一身本事的杨雄在蓟州无甚权势，而且还常被人欺侮。

以此推断，曾在此“流落”尔后才侥幸当了押狱的杨雄，入赘王押司留下的现在属于潘巧云父女所有的家，就完全有可能。反过来说，如果杨雄有财有势，偌大的蓟州城还怕找不到一个含苞欲放的未婚女子？潘巧云虽能让和尚见了“七颠八倒”，但毕竟是别人的遗孀！

杨雄因结义带来了石秀，潘巧云借佛事招来了裴如海，把两个本来就不是善良之辈的流浪汉和荤和尚领进家门，哪有不出事的？但由此招来杀身之祸，这大概是“一见情动，那顾得防备人看见”的潘巧云始料不及的。

潘巧云最初向石秀介绍裴如海，言语中并无不妥之处：“是师兄海阇黎裴如海，一个老实的和尚。他便是裴家绒线铺小官人，出家在报恩寺中。因他的师父是家里门徒，结拜我父做干爹。”照辈分算，如果“他的师父是家里的门徒”，那潘巧云应是裴如海的干娘了。只是因为“长奴两岁，因此上叫他师兄”。本来介绍到这里就可以了，但城府不深的潘巧云口无遮拦，对着本该提防的外人无所顾忌地说出了心中的真实想法和感受：“叔叔，晚间你只听他请佛念经，有这般好声音。”石秀于是“肚里已有些瞧科”。潘巧云大概没想到这个“叔叔”会如此敏感吧？抑或是因为单身男子本能的嫉妒？“那妇人便下楼来见和尚，石秀却背叉着手，随后跟出来，布帘里张看。”别人的妻子，怎能如此紧跟？堂堂男子汉，好意思躲在帘后偷看？

总之，在这场替人捉奸的“义举”中，石秀的动机大可存疑，石秀的举动令人费解。对这过分的“关心”，或许连杨雄都有所觉察，否则潘巧云一说石秀曾对她非礼，不是三岁小孩的杨雄怎么就深信不疑并毫无商量余地就把石秀赶了出去？

至于石秀说的“那婆娘常常的只顾对我说些风话”，只是一面之词，缺乏佐证。也可能是石秀少见多怪，把闲话当成了风话。他不是连潘巧云说和尚念经的声音好听就肚里“瞧科”了么？一个贩羊挑柴的粗人，值得嫁过两任押司且有心仪的师兄暗恋着的潘巧云常常说“风话”么？在翠屏山上，石秀把该证明的事情通过杨雄的刑讯逼供一一落实了，唯独没再提那“风话”一事。是他忘了，还是不想让杨雄增添更多的烦恼，抑或本来就是不敢当面对证的无中生有自作多情？

潘巧云红杏出墙，引僧入室有她自身的原因，但杨雄似乎

短的一霎乃定
不長是過了一段
陰險的眼睛
一閃爍，就黑了
打住了她

歲次庚寅年
青年時節
錄舊句呈雪飛
書於南窗下

潘巧雲情動無意

己丑年冬月亞飛

只顧歡娛嬉狂

也没尽到做丈夫的责任。这个家对公务繁忙的杨雄来说几乎是客栈和饭店，回家只是吃饭，“次日，杨雄回家……饭后杨雄又出去了”；连客栈也不是长客，“一月里倒有二十多日不在”，而且常常是“至晚方归”，五更即去。这也难怪“老实”的海阇黎要乘虚而入了。

或许，绒线铺小官人与屠户的女儿自小就认识，只不过后来一个出了家，一个嫁了押司，才让一段应该说是般配的姻缘仅仅停留在青梅竹马阶段没了下文。从潘巧云说“有这般好声音”来看，说明两人以前碰到过，或有过来往，至少是听裴如海用“这般好声音”念过经。潘巧云说，“我爹娘当初把我嫁王押司，只指望一竹竿打到底”，指望女儿过上好日子，是人之常情；而“绒线铺里小官人”为何要“出家在报恩寺中”呢？出家最普遍的情况有两种，一种是家贫无力抚养，另一种是本人遭受重大挫折。裴如海家里开绒线铺，哪会无力抚养；而裴如海年纪轻轻的能遭受什么重大挫折，总不至于是因为潘巧云嫁了王押司才出家的吧？

更蹊跷的是，作为海阇黎（梵文的另一种译法为阿阇梨）的裴如海只是一个资历不深的佛门“轨范师”，怎能在报恩寺中呼“师哥”唤侍者，俨然一副当家方丈的派头？清静禅房，戒律森严，怎么可以旁若无人，畅怀饮酒？且打情骂俏，调笑苟合？简直把僧房当洞房，把寺院当行院了！

除了杨雄的感情粗糙和裴如海的挑逗引诱外，潘巧云的情动无忌和随心所欲是造成她人生悲剧的主要原因。只顾“欢娱嫌夜短”的潘巧云，不知道有一双阴险的眼睛一开始就紧紧地盯住了她。

潘巧云缺乏心机，更没有害丈夫性命的预谋。杨雄说“久后必然被你害了性命”，只是为了激发自己本来就有些犹豫的杀人勇气，尽管他职业的一部分就是行刑杀人。

如果潘巧云有心机，要谋害脸带病色的杨雄也不是没有机会。但潘巧云与潘金莲不同，她身边也没有狠毒的教唆者王婆；她只知道眼前的偷欢，不知道背后的杀气。

在裴如海和胡道人被杀后，“蓟州城里有些好事的弟子”把这事的来龙去脉前因后果“做成一调儿”满城传唱。这就怪了，这些好事者既没亲见，如何知道发生在这条“死巷”里的真实故事，而且说得如此有板有眼活灵活现？莫不是“在近巷内寻个客店安歇”的石秀有意透露出来的？因为这事唯有在杨雄家里住过的他最清楚。

这事传开后，“那妇人也惊得呆了，自不敢说，只是肚里暗暗叫苦”。在这样的情况下，她还是相信杨雄并去了冷僻的翠屏山，只能说明她单纯，缺乏起码的防人之心；也说明她没有谋害丈夫的心思，因而也相信丈夫不会加害于她。

潘巧云与其说是死于杨雄之手，还不如说是死于石秀之口。杨雄本来并不想杀潘巧云，最终把她骗到翠屏山并残忍地杀害，是石秀威逼挑唆并精心策划的结果。金圣叹说：“今石秀之于巧云，既去则亦已矣，以姓石之人而杀姓杨之人之妻，此何法也？”（《水浒传（会评本）》第853页）

当然，作者作这样的安排，无非是为了让一心想有所“发迹”的石秀把当两院押狱的杨雄拖上梁山，而潘巧云罪不该杀而杀之，他也就顾不得了。

扈三娘的心死无言

聪明美丽的一丈青扈三娘嫁给丑陋好色的矮脚虎王英，绝对是一朵鲜花插在了牛粪上。

宋江上梁山后，随着地位的上升，飞扬跋扈刚愎自用，干了许多有违人心人情的缺德事，其中之一就是乱点鸳鸯谱，擅自做主让扈三娘嫁给王英，而且假借民意，用不容置疑的口气对刚刚经历过血腥残杀的扈三娘说："众领头都是媒人，今朝是个良辰吉日，贤妹与王英结为夫妇。"然而，在众人"都称颂宋公明真乃有德有义之士"时，有谁想到过被人当作"践约"牺牲品的扈三娘的心里感受么?

因为扈三娘与王英成婚，梁山聚义厅"当日尽皆筵宴饮酒庆贺"，一片喜气洋洋。让人费思量的是，此时此刻，作为庆贺对象的新娘扈三娘知道家人和扈家庄的情况么?

在三打祝家庄的战事中，杀人不眨眼的李逵"直抢入扈家庄里，把扈太公一门老幼(即扈三娘的所有亲人)，尽数杀了，不留一个。叫小喽罗牵了(所)有的马匹，把庄里一应有的财赋，捎搭有四五十驮，将庄院门一把火烧了"。扈成为了救妹妹三娘本已与梁山达成默契，但面对李逵格杀勿论的凶狠板斧，只得"投马落荒而走，弃家逃命，投延安府去了"。

如果不知道，因为“推却不得”被迫与王英成婚的扈三娘，心中一定盼望着尽快回扈家庄去，至少是回去跟亲人作一番解释和告别。她毕竟与梁山那些犯了死罪正遭官府通缉的头领不同，她有家有亲人有优裕自在的生活和远比王英优秀英俊的未婚夫。她大概从来没想到也根本不愿意落草。她练就一身好武艺，绝对不是为了日后去当强盗，而恰恰是为了对付可能会对他们的家园构成威胁的强盗。因为这些自给自足与世无争的庄园同官府不存在根本的利益冲突；而对官府来说，类似民团自治的庄园武装还能起到稳定社会的作用，至少是对地方治安有帮助。因此，如果战后扈家庄的一切都不曾改变，梁山这是非之地险恶去处肯定留不住青春年少的扈三娘。一旦有机会，她准得回家去过原有的安稳安逸生活，或继续当习文弄武的大小姐，或等着门当户对的祝家公子来迎娶。

如果知道，那么这“大喜”的日子对扈三娘来说便是愤恨交集欲哭无泪欲悼无门的大悲时刻。这或许就是从扈家庄“驮来”的喜庆美酒，在扈三娘眼中肯定是和着血泪无法下咽的苦水，而面前这些吆五喝六称兄道弟的庆贺者都是她不共戴天的杀父毁家仇人！

从书中的前后情节来看，此时的扈三娘应该知道三打祝家庄后扈家已不复存在和祝家三公子已命赴黄泉的情况，否则宋江的大包大揽对早已许配祝彪的扈三娘来说就显得缺乏最起码的婚嫁基础。但从人物的情感层面分析，此时的扈三娘似乎并不知道扈家庄发生的惨案，否则死于非命的亲人尸骨未寒，惨遭横祸的家园硝烟未散，她怎么能与人拜堂成亲，她怎么能容忍为此“筵宴庆贺”？“推却不得”是一种权衡利弊考虑处境后的冷静理

智状态，而悲愤难抑才是知道扈家惨案后扈三娘应有的正常情绪反应。

然而，不管扈三娘此时是知道还是不知道，事情最终总要真相大白。这样的惨案是瞒不住也瞒不久的，何况宋江等人对这种司空见惯的杀戮也根本没打算隐瞒。如果我们抛开一丈青是地慧星最终必定上梁山排座次且替天行道这种人为的安排，把扈三娘看成是一个活生生的有感情有欲望有正常思维与价值判断的青春少女，那么扈三娘一旦知道事情的真相，无疑会在心中埋下仇恨的种子。当然，凭她个人的力量是无法与整个梁山抗衡的，她也不可能一时性起把宋江或李逵杀了，但内心的悲愤与创伤肯定是永远都无法消除。

假如没有这场战事，“誓愿结生死之交，有事互相救应”的祝、李、扈三大村落原与梁山相安无事，井水不犯河水。扈三娘已被“祝家庄第三子祝彪定为妻室，早晚要娶”，而尚未成婚大概是由于扈三娘年龄还小的缘故。既有誓约，再加联姻，这三家村结成的联盟可谓是固若金汤，牢不可破。

挑起这场血腥战事的无疑是梁山这一方，确切地说是准备投奔梁山的杨雄、石秀和时迁。本来，想赶去梁山入伙的三个人碰到天色已晚，要住店就安分地住店好了，谁知偏要惹出事端：时迁为了在两个新结交的兄弟面前露一手，偷了店里报晓的公鸡。当店家发现“厨桌上有些鸡毛和鸡骨头”时，猜到是他们三人所为，仗着是“祝家店”便不依不饶了。于是三个人大打出手，临走时石秀还“去灶前寻了把草，灶里点个火，望里面四下淬着”，把人家的房子也烧了。如果说引起争执是因为偷吃了报晓鸡，大打出手是因为“店里赤条条地走出三五个大汉”，那么烧人家房子便显得毫无道理，凶狠过了头。李卓吾先生读到这里也忍不住批道：“时迁还是贼手贼脚，石秀那是强盗手段。”（《水浒传（会评本）》第865页）这就难怪李家庄庄主李应两次修书说情祝家庄仍不肯放人了。而晁盖一听说杨雄等人在山下的作为，大光其火：“这厮两个，把梁山泊好汉的名目去偷鸡吃，因此连累我等受辱。今日先斩了这两个，将这厮首级去那里号令。”可见晁盖还是有起码的是非之分。不料，宋江却说：“我也每每听得有人说，祝家庄那厮要和俺山寨敌对……即目山寨人马数多，钱粮缺少，非是我等要去寻他，那厮倒来吹毛求疵，因而正好乘势去拿那厮。若打得此庄，倒有三五年粮食。”说到底，攻打祝家庄并不是因为“输了锐气”，而是垂涎人家丰厚的钱粮，希望占为“山”有。

对梁山的觊觎和阴谋，祝李扈三家早有提防，用店小二的话说是“此间离梁山不远，只恐他那里贼人来借粮”。他们结盟的最直接动机也是为了抵抗梁山的侵扰和掠夺，尤其是祝家庄，更是未雨绸缪，戒备森严，村里“尽是盘陀路，容易入得来，只是出不去”。假如不是李家背叛，扈家为了救三娘毁约，“宋公明三打祝家庄”是否能取得最后胜利还很难说呢！

李应因与祝彪刀枪相见过，还受了伤，于是在梁山大兵压境的情况下负气闭寨不予策应；而扈家庄最初是信守誓约的，见祝家庄被围便出兵来救助。祝家的未来儿媳扈三娘更是亲自披挂上阵，带头冲锋陷阵，不但活捉了胆敢临阵“做光”的王矮虎，而且直捣敌阵，把梁山主帅宋江追得“马蹄翻盏”似的狼狈逃窜，要不是李逵林冲等及时接应，已被扈三娘快马赶上的宋江不是像王矮虎那样被活捉，便是“明年今日是周年”了。

扈三娘的心死無言
把聰明美麗的一丈青
扈三娘強嫁給丑陋好色
的矮腳虎王英絕對是
把一朵鮮花硬插在
那牛糞上

见有人拦截，扈三娘便“飞刀纵马，直奔林冲”。她如此勇猛无畏奋不顾身，究其原因大概一是年轻气盛，二是把祝家视作了自家。最后被林冲拿下对扈三娘来说算不上耻辱，她毕竟青春年少，哪会是东京八十万禁军教头的对手。而另一方面，林冲只是把她生擒，丝毫不曾伤害把主帅宋江追得狼狈不堪的扈三娘，是不是对年轻美貌的女子手下留情了？

捉了扈三娘，宋江对手下吩咐：“连夜与我送上梁山泊去，交与我父亲宋太公收管。”“众头领都只道宋江自要这个女子，尽皆小心送去。”

当然，宋江最后是没“要这个女子”，但众头领的“只道”难道仅仅是凭空瞎猜，没有丝毫的依据？没了阎婆惜的宋江难道对年轻美貌的扈三娘就一定没有据为己有的打算？很可能是因为被心直口快的李逵当众点破：“你又不曾和他（指扈成）妹子成亲，便又思量阿舅、丈人。”颜面上过不去的宋江才顺水推舟地说：“我如何肯要这妇人？”李卓吾先生对此点评道：“若非李逵说破，安知宋公明不自家要了？”（《水浒传（会评本）》第924页）宋江这话说得虚伪，“这妇人”怎么啦？人家是清白人家出身的青春美少女！连从小在“行院人家串”的女子都肯要，在得知她与人私通后还愿意“权且睡一睡”的宋江，上了梁山后连一丈青这样的女子都瞧不上了？退一步说，如果宋江早有成人之美的想法，那么梁山众多的单身好汉他怎么就不闻不问了？践约之说是宋江后来找出来的借口，当初说这话只是为了慰抚要与燕顺拼命的王英，而这毫无约束力的承诺大概连王英本人都没有太当真。假如真要践约，找一个与王英般配的女子还不容易，何须让与王英根本不相称的一丈青来充当这个会形成强烈对比效果和喜剧色彩的悲剧角色呢?

对曾经许配骁勇刚烈的祝家三公子的扈三娘来说,就是让她与林冲结合也比嫁王英强。宋江不是连高矮美丑都分不清的瞎子,也不是对男女情事懵懂弱智的笨蛋,因此不会看不出一丈青与王矮虎之间的极度不般配,但他偏要这样撮合,这自然让人联想到大户做主把潘金莲嫁给武大郎的阴暗卑鄙心理。当然,庄园主家庭出身的扈三娘不是潘金莲,蛮横的王英也不是武大郎,否则再来一个西门庆,又要上演一场红杏出墙的闹剧了。

从王英的角度来看,要不是宋江做主,车家出身(跑运输)的丑陋矮子能娶一丈青这样既貌美又个高的庄园公主,大概连做梦都不曾想到。然而,如果让他选择,他或许更喜欢“娇滴滴”的刘高的妻子。他两次把刘高的妻子抢到手并藏在房中,可见是过目不忘情有独钟,而且为了她还差点跟结义兄弟燕顺反目为仇以命相搏。让他这只矮脚虎娶一丈青,“高攀”是高攀了,但称心却未必。面对武艺比他高强曾把他从马上活捉的妻子,再也蛮横不起来的王英还敢拈花惹草多情贪色么?从书中的叙述来看,王英自从娶了扈三娘,再也没有这方面的不良记录。不过江山易移,本性难改,王英成了正人君子,其中的无奈与苦楚,大概也只有他自己知道了。

令人感到奇怪的是,心气颇高性子又烈的扈三娘怎么会认宋江的父亲宋太公为义父?当时,宋江派四个头目,二十个老成的小喽罗,把被擒的扈三娘连夜送上梁山。这以后一直待在梁山的扈三娘并不知道父亲被杀,更没有决定自己的去留,因此自有父亲的她干吗再认一个与她素昧平生更没有对她恩重如

山的人为父呢？她与家人的感情可以从她哥哥扈成冒着风险来媾和中看出来。扈成不会不知道祝李扈三家唇齿相依的关系，一旦攻破了祝家庄，扈家庄也就危在旦夕了。但为了救妹，他不得不违心毁了三家村的攻守同盟，而且答应在祝家庄有人来投奔时“就缚在彼”，这样一来把祝扈两家的联姻关系也葬送了。

其实，已捉得时迁、杨林、黄信、王英、秦明和邓飞六个头领在手，梁山并不敢对扈三娘怎么样。背着祝家庄的扈成以如此巨大的代价来与梁山媾和实在是得不偿失。如果扈三娘知道这样的安排，包括由此中断的祝扈联姻，她会同意和答应么？但有一点是毫无疑问的，那就是扈三娘如果知道父亲和家人被宋江的手下所杀，就不会认贼之父为父了，至少在当时是决不会！

既然如此，冰雪聪明的扈三娘为什么还要认宋太公为义父呢？唯一的解释就是为了摆脱矮黑胖子宋江回梁山后可能会有的骚扰和纠缠，即很可能会“自要这个女子”。

扈三娘被擒后，宋江不但不记恨她的无情追杀，反而礼遇有加，让人小心送上梁山，连“众头领都只道宋江自要这个女子”，乖觉的扈三娘难道就没有丝毫的觉察？她之所以上梁山后不久就认宋太公为义父，其中的原因大概就是为了借兄妹的身份来摆脱很可能会强加于她的令她担心和厌恶的婚事。

宋江因被李逵点破，碍于面子没法“要她”了，但强加于她的令她担心和厌恶的事情还是发生了——梁山上最没人样和德性且是她手下败将的矮脚虎王英成了她的丈夫。书上说扈三娘“推却不得”，也就是说扈三娘对这样的婚配是不愿意的，只不过要“推却”而“不得”罢了。

当然，扈三娘要“推却”而“不得”的不仅仅是如此不堪的婚姻，还有今后落草为寇的人生。哥哥扈成还能去投奔延安府，她一个年轻女子在当时的社会环境中能去哪里投奔？何况又身陷梁山，即使有机会逃下山去，宋江等人会放过她？

在看清了自己的真实处境后，回天无力自救无法的扈三娘只能苟且了此残生，直至甘愿战死沙场。需要特别指出的是，书中的一丈青扈三娘自从上梁山正式落草后没说过一句话。言为心声，心既已死，夫复何言！

李师师的花枝清泪

即使身处东京闹市，两边高挂着“歌舞神仙女，风流花月魁”的金字招牌，李师师家的门前还是门可罗雀，一片冷清。

燕青奉宋江之命去见李师师，“揭开青布幕，掀起斑竹帘”，除了一盏鸳鸯灯和“细细喷出香来”的博山古铜香炉，竟不见一个人。燕青穿过天井，来到“设着三座香楠木雕花玲珑小床”的第二会客厅，还是没碰到任何人。这偌大一个院落，壁上挂着名人字画，案上摆着珍奇古董，却能让人如入无人之境一般长驱直入，就不怕被人偷了抢了？

这天是正月十四，为迎灯节东京城里是“楼台上下火照火，车马往来人看人”，热闹非凡。而作为“东京上厅行首”头牌角妓之一（角妓即歌伎、艺伎的统称。当时东京另一位有名的“上厅行首”叫赵元奴。详见山东文艺出版社出版的《水浒传》百回本第 1212 页中的注释）的李师师家竟会是如此安宁清静，这大概是见过世面的燕青始料不及的。再也沉不住气的燕青只得咳嗽出声，这才见“屏风背后转出一个丫环来”，那丫环不慌不忙，见了生人颇有礼貌地道个万福，然后从容地问客人怎么称呼，从哪里来。连丫环都如此雅致，那主人的气度就可想而知了。

大名鼎鼎的李师师结庐在人境，而无车马喧，这却是为何？

书上说得明白："原来李师师家，皇帝不时间来，因此上公子王孙，富家子弟，谁敢来他家讨茶吃。"

连飞扬跋扈的公子王孙都不敢来，一般的商贾书生更不敢来了。来了万一不小心撞上赵官家，龙颜一怒，那脑袋就不用长在脖子上吃饭了。

也正因为如此，李家才敢敞着大门而无所顾忌，貌似空城而愿者上钩。盗贼强梁远比公子王孙精明，他们知道太岁头上的土动不得，天子身下的腥就更偷不得，就连自称天不怕地不怕敢于明火执仗与官府对抗的梁山强人，不也丝毫没打有万贯家产据说为助宋抗金能捐整个河北军饷的李家的主意，反而因有求于李师师而"借得山东烟水寨，来买凤城春色"，乖乖地把在别处拼着性命毫不留情地抢来的"千百两金银，欲送与宅上"，让本来就锦衣玉食的李家锦上添花好好消受。

既然公子王孙、富家子弟都不敢来，李家为何还要开着大门挂着牌子呢？可见偶尔撞上门来的人还是有的，比如不知内情的外地富商，比如敢于冒险的多情书生。这不，在李家以为闲人忙人都赶去看灯了的和风暖夜，自称有的是家私的"山东客人"撞上门来了。

不知是事出有因，还是事有凑巧，那段日子道君皇帝不是"不时间来"，而是天天来。宋江正月十四去，刚要对李师师"欲叙行藏"，李家人来报："官家来到后面。"宋江第二天又去，正要"把心腹衷曲之事告诉"，李家人又来报："官家从地道中来至后门。"这不存心让带去千百两金银又冒着很大风险的宋江做亏本买卖白跑一趟东京么？

尽管内忧外患，但朝廷为粉饰太平，对这"上元灯节"是作

面對燕青以情事為職業的李師師的情所感動了真真讓人既驚奇又感慨

庚寅六月夏至時節

徒白軒主人西窗飛并記

李師師的花枝清淚

了精心准备的，单单是灯节侍卫就有“五千七八百人，每人皆赐衣袄一领，翠叶金花一枚，上有小小金牌一个，凿着‘与民同乐’四字”。但到了正月十五，道君皇帝却放着一年一度难得与民同乐的热闹灯节不看，“教太子在宣德楼赐万民御酒，令御弟在千步廊买市”，自己偷偷从地道至李家后门，与李师师来同乐了。

从皇宫至李家竟有地道？

皇帝狎妓自然忌讳，但为了掩人耳目而挖一条直通李家的地道，这代价是不是太大了一点？况且这浩大的工程必有许多人参与和劳作。原本为了保密，却兴师动众，这不是事与愿违欲盖弥彰了么？

读鲁迅编辑的《唐宋传奇集·李师师外传》，才弄明白这“地道”是怎么回事：“迪（即张迪，徽宗时内侍太监）私言于上曰：‘帝幸陇西（时人喻称李师师为陇西氏，原因待考），必易服夜行，故不能常继。今艮岳离宫（艮岳离宫是童贯、朱勔为徽宗建造的行宫，在汴梁城的北面）东偏有官地袤延二三里，直接镇安坊（李师师住在镇安坊）。若于此处为潜道，帝驾往还殊便。’帝曰：‘汝图之。’于是迪等疏言：‘离宫宿卫人向多露处。臣等捐赀若干，于官地营室数百楹，广筑围墙，以便宿卫。’帝可其奏……四年三月（即宋大观四年三月），帝始从潜道幸陇西。”（见中国人事出版社1998年版《鲁迅全集》第1965页）原来这“地道”是用围墙分隔出来的一条禁止别人通行因而颇为隐蔽的“潜道”。

关于宋徽宗宠幸李师师，历来有许多传说。据说徽宗最初是以赵乙的假名去会李师师的，而李师师接客，只要来者略通文墨，便得留下即兴诗词。徽宗自觉文才一流，乘兴填了一首让人汗颜的艳词：“浅酒人前共，软玉灯边拥，回眸入抱总含情。痛痛痛，轻把郎推，渐闻声颤，微惊红涌。 试与更番纵，全没些儿缝，这回风味忒颠犯。动动动，臂儿相兜，唇儿相凑，舌儿相弄。”

此词究竟是不是宋徽宗的作品，当然大可存疑。徽宗毕竟是皇帝，即使再风流，大概也不会做或做不出这样的艳词。

据《李师师外传》载：“帝尝于宫中集宫眷等宴坐，韦妃私问曰：‘何物李家儿，陛下悦之如此？（李师师有什么，让皇上如此喜欢）’帝曰：‘无他，但令尔等百人，改艳妆，服玄素，令此娃杂处其中，迥然自别。其一种幽姿逸韵，要在色容之外耳。’”（出处同上）

此话究竟是不是宋徽宗说的，当然也可存疑，但至少像皇帝的口吻，而且也说明了宋徽宗为什么无心后宫佳丽却偏偏对李师师情有独钟。

《水浒》中的李师师，不但别有“幽姿逸韵”，而且乖巧机灵，幽默风趣。

宋江第一次去，李师师说：“适间张闲（燕青假托名）多谈大雅，今辱左顾（右为上，左为下，意为屈尊光顾），绮阁生光。”宋江第二次去送上一百两黄金，李师师说：“员外识荆之初，何故以厚礼见赐，却之不恭，受之太过。”话说得彬彬有礼，极有分寸。

宋江柴进在里面饮酒谈笑，却让戴宗李逵在门外把守，李逵便忍不住“在外面喃喃呐呐地骂”，宋江只好把他叫进来。看到李逵“圆睁怪眼，直瞅他三个”，李师师问宋江：“这汉是谁？恰像土地庙里对判官立地的小鬼。”众人一听都笑了，而“李逵不省得他说”。也幸亏李逵不知道李师师在说什么，否则没准会发作起来。那次在江州，他不是把一个根本没惹他，只“打断了他话头"的卖唱女子"用两个指头"点得"蓦然倒地"不省人事了么？其实，从具体场景分析，李逵当时正面对面"直瞅他三个"，李师师的话他应该听见也能够听懂的。"这汉是谁？恰像土地庙里对判官立地的小鬼。"这大白话李逵听不懂？既然听懂了且"肚里有五分没好气"的李逵为什么不发作？这个谜只能去问黑旋风自己了。也许是因为总摆出一副大任在身样子的宋江在座，也许是因为李师师的风度和气势镇住了他。不管怎样，梁山第一莽汉李逵是不会也不敢"用两个指头"去点李师师的粉额的。

而接下来宋江与李师师的对话，李逵可能真的没听懂或听不明白。宋江说："这个是家生的孩儿小李。"也就是说这是你们李姓人家的后代。李师师的回答既巧妙又风趣，用也是本家的李贽的话说是"这个丫头大通"（见《水浒传（会评本）》第 1278 页）。李师师说："我倒不打紧，辱莫（另有版本作"辱没"）了太白学士。"用现在的话说就是——我倒没关系，只是让李白先生蒙羞委屈了。

李逵尽管喝了李师师让人端上来的三大杯酒，被燕青推搡着"去门前坐地"，但气仍不打一处来。也活该杨太尉倒霉，他偏偏这个时候推门进来，还盛气凌人地责问："你这厮是谁？敢在这里？"（可见这不是一般人能来的地方）这次是听得真切也听得明白的"李逵也不回应，提起把交椅，望杨太尉劈脸打来"，把刚才窝的火合在一起发作了。

宋江虽然当过刀笔吏，也有过场面上的应酬，但那只是小县城里的勾当，在这东京顶级行院里宋押司便显得粗俗和土气了。几杯酒下肚，宋江便"揎拳裸袖，点点指指"，露出一副"土鳖相”，弄得陪同而来的皇室后代柴大官人都不好意思起来，对李师师解释说：“我表兄从来酒后如此，娘子勿笑。”李师师却说：“各人禀性何伤。”体面地给了宋江一个台阶。

李师师各色人等见得多了，听宋江说要用大杯喝酒，且自称大丈夫，便大致搭准了客人脉搏，于是唱了一曲苏东坡的“大江东去”。如果换一个用小盅品酒问世间情为何物的多情公子，洞明练达的李师师大概要唱柳三变的“晓风残月”了。

果然，李师师唱罢“大江东去”，以为碰到知音的宋江乘着酒兴也发作了，要“尽诉胸中郁结，呈上花魁尊听”，激动得就差没有涕泗滂沱了。其实，不便直问却一直在察言观色的李师师，正想了解这几位出手大方又神秘莫测的不速之客是何方神圣哪路星宿呢！

“天南地北，问乾坤何处可容狂客？借得山东烟水寨，来买凤城春色。翠袖围香，绛绡笼雪，一笑千金值。神仙体态，薄幸如何消得？想芦叶滩头，蓼花汀畔，皓月空凝碧。六六雁行连八九，只等金鸡消息。义胆包天，忠肝盖地，四海无人识。离愁万种，醉乡一夜头白。”

李师师把宋江的这首乐府词反复看了，“不晓其意”。估计李师师只是破译不了“六六雁行连八九”是指一百零八将（六六三十六，八九七十二）这样的暗语，像“翠袖围香，绛绡笼雪，一笑千金值”这样的陈词滥调看得多了，哪会不晓其意？要知道李师师除了皇上，平时结交的都是名噪一时的文人墨客！

也许，李师师是故意装出不解其意的样子，以便让宋江全盘托出“心腹衷曲之事”。而“一笑千金值”只是这些似乎另有所图的客人的奉承和客套。毕竟，那“却之不恭，受之太过”的百两

黄金不能收得不明不白。

但偏偏这时，皇帝来了，宋江的"心腹衷曲"终于没能诉成。

不得不退出来的宋江本来还想直接去见皇上："今番错过，后次难逢。"但被柴进劝住了："这如何使得？"如果真的去了，会怎么样呢？会把皇帝吓坏吗？皇帝会因此责怪手下失职让梁山反贼潜入了东京吗？至少，李师师是不用担心的，她自有办法应付。后来李逵在李师师家放火，"惊得赵官家一道烟走了"。这事不也被李师师巧妙应付过去了："临期闹了一场，不是我巧言奏过官家，别的人时，却不满门遭祸！"

宋江对女性向来歧视，唯独对李师师格外尊敬。刚见面"就叫戴宗拜了李师师"。这"拜"跟"纳头便拜"可能有区别，估计是拜见的意思。戴院长在江州当两院押牢级节时，要多威风有多威风，什么人放在眼里过？但此时此刻，只得低三下四地对着李师师作揖打躬。秉承宋江旨意的燕青对李师师更是奉若神明，一见面就"纳头便拜"，后来更是拜了又拜，弄得李师师都有点受不了了："俺年纪幼小，难以受拜。"在宋江眼里，李师师已成了编外皇后候补贵妃，成了能帮助他实现平生夙愿的不二人选，用燕青的话说，就是"梁山数万人之恩主也"！

其实梁山之事李师师早有耳闻，她后来对燕青说："你这一班义士，久闻大名。"但前番"揎拳裸袖"的矮黑胖子就是名震朝野的宋江她大概不曾料到。不过对李师师来说，有财有势有所谓的大丈夫气概并不能吸引她，因为连天下最有财有势的皇上都三天两头要往她家跑，那么手下有些强梁、袋里有些钱财的宋江又能引起她多大的兴趣呢？在与梁山头领的交往中，唯一让李师师感到中意并希望与之结交的大概就是英俊潇洒又善解人意的浪子燕青。

书上说,李师师“见了燕青这表人物,能言快说,口舌利便,倒有心看上他”。

据说北宋著名词人周邦彦曾为李师师作过一首《洛阳春》的词:“眉共春山争秀,可怜长皱。莫将清泪湿花枝,恐花也如人瘦。清润玉箫闲久,知音稀有。欲知日日依栏愁,但问取亭前柳。”

高处不胜寒,知音稀有的李师师是不是把燕青看成了知音?故而取出久闲的玉箫,吹响绵绵的情曲?不管怎样,在燕青面前,李师师确实袒露了在外人面前很少流露的年轻女性的真性情。

作为一个闻名遐迩的角妓,李师师在与皇上交往前肯定见识过无数风流男子,但看到燕青身上漂亮的纹身时,动了感情的李师师还是忍不住伸出了“尖尖玉手”,把因与皇上交往而带来的高傲和矜持统统抛到了九霄云外。

以情事为职业的李师师为情所惑情不自禁,看了真让人既惊奇又感慨。可见在灯红酒绿的风月场中“浅酒人前共,软玉灯边拥”,对李师师来说只是与情无涉逢场作戏的职业行为。在内心深处,她仍是一个纯情女子。

在《水浒》一书中,这是一段最真切因而也是最动人的情感碰撞。虽然燕青为了不至于陷入恋情而忘记梁山使命,“推金山,倒玉柱,拜了八拜”,把李师师拜成了姊姊,但李师师仍希望这个名义上的弟弟能在她的庇护下长久地留在身边,“小哥只在我家下,休去店里宿”。燕青临出门,李师师又特地叮嘱:“休教我在这里专望。”这话,幽雅的李师师大概对道君皇帝都不曾说过。

在“略地攻城志已酬”后，燕青想劝卢俊义一道离去，但卢俊义执迷不悟，燕青只好独自走了，临别时给宋江留了一首诗：“雁序分飞自可惊，纳还官诰不求荣。身边自有君王赦，洒脱风尘过此生。”此时，梁山头领已被朝廷招安多时，即使在大庭广众之下招摇过市也没人会捉拿他们，但李师师“撒娇撒痴”从皇帝那里要来的“特赦燕青本身一应无罪，诸司不许拿问”的赦书，燕青却一直牢牢地带在身边，即使出生入死身经百战，也不曾丢失。

燕青无意功名，对朝廷和皇上更不想巴结。既然如此，这张已没有具体功能和实际意义的赦书燕青为何一直珍藏着，而且还不加掩饰地对宋江和梁山兄弟宣称和炫耀？通过这张赦书，燕青想保存什么，是一桩难以忘怀的旧事，还是一段刻骨铭心的恋情？

燕青与众人不辞而别后，会去找对他情深义重的“姊姊”吗？有这种可能，但书上没说，我们也只能把这“一别不再见，从此长相思”当成深深的遗憾了。

作为北宋末年的名妓，李师师实有其人。《辞海》（上海辞书出版社 1999 年版）中关于李师师的条目是这样说的：“李师师，北宋末年汴京（今河南开封）妓女。本姓王，四岁父亡，遂入娼籍李家。名士周邦彦等，多与往来，相传徽宗也屡至其家……”

关于李师师的出生和经历，《李师师外传》介绍得更为详细：“李师师者，汴京东二厢永庆坊染局王寅之女也。寅妻既产女而卒，遂以菽浆代乳乳之，得不死，在襁褓未尝啼。汴俗，凡男女生，父母爱之，必为舍身佛寺。寅怜其女，乃为舍身宝光寺。女时方知孩笑。一老僧目之曰：‘此何地，尔乃来耶？’女至是忽啼。僧为摩其顶，啼乃止。寅窃喜，曰：‘是女真佛弟子。’为佛弟子者，俗呼为师，故名之曰师师。”

师师四岁那年，父亲获罪入狱，病死狱中。师师被李姓老鸨收养，并请人教读，又训练歌舞，十三岁那年就以青倌人的名义挂牌接客，不久名声大噪，汴京的公子王孙、文人雅士都以与李师师结交为荣。

宋词中，有不少词是专门为李师师写的，如秦少游的《生查子》：“远山眉黛长，细柳腰肢袅；妆罢立春风，一笑千金少。归去凤城时，说与青楼道：遍看颖川花，不似师师好。”秦还作《一丛花》赠李师师：“年来今夜见师师，双颊酒红滋。疏帘半卷微灯外，露华上、烟袅凉飔。簪髻乱抛，偎人不起，弹泪唱新词。佳期谁料久参差，愁绪暗萦丝。相应妙舞清歌罢，又还对、秋色嗟咨。惟有画楼，当时明月，两处照相思。”张子野甚至专门创造了一个新词牌——“师师令”。

相传武功员外郎贾奕年少英俊，武艺超群，也是李师师家的常客。自从知道皇帝常去，就不敢再来了。一日在郊外遇见李师师，旧情萌发，填了一首《南乡子》：“闲步小楼前，见个佳人貌似仙；暗想圣情浑似梦，追欢，执手兰房恣意怜。一夜说盟言，满掬沉檀喷瑞烟；报道早朝归去晚，回銮，留下鲛绡当宿钱。”

不久这首词传开了，一传两传竟传到刚为李家题了“醉杏楼”三个字的宋徽宗耳朵里，于是龙颜大怒，下令将词作者贾奕斩首。谏官张天觉是贾奕的好朋友，听到这个消息立即赶到宫中求见，他对宋徽宗说，皇上治国应以仁德为重，今为一女子轻

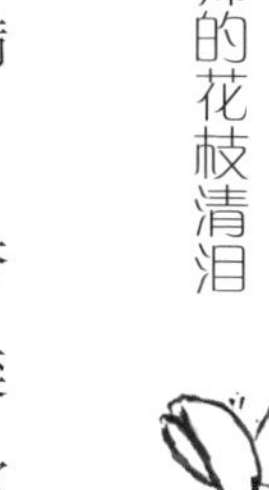

施刑诛，岂能使天下人心服。宋徽宗这才作罢，赦免了贾奕，把他贬到琼州做可户参军，并规定永远不许再入都门，这样当然也就再也不能见到李师师了。

周邦彦早年写的《汴京赋》深得神宗皇帝和哲宗皇帝的赏识，他的词作情浓辞丽，久负盛名，京城歌伎都以唱他的词为荣。初会李师师，周邦彦便觉得相见恨晚，并当即为李师师填了一首《玉兰儿》。李师师钦佩他的才气，也乐于跟他交往。

张端义在《贵耳集》中记载了李师师与周邦彦的一段轶事。说有一次周邦彦在李师师处，忽然皇帝来了。周躲避不及，只好藏身床下。皇帝给李师师带来贡品新橙，还与李师师说笑调情。在床下的周听得真切，事后作了一首《少年游》留给李师师："并刀如水，吴盐胜雪，纤指破新橙。锦帏初温，兽香不断，相对坐调笙。低声问：向谁行宿？城上已三更，马滑霜浓，不如休去，直是少人行。"

李师师因为喜欢这首词，一高兴竟唱给皇帝听了。皇帝问是谁写的，李师师随口说是周邦彦，话一出口就后悔莫及。宋徽宗脸色大变，猜到那天周就在屋内。于是找了个罪名，把周邦彦逐出汴京。

李师师觉得很对不起周邦彦，冒着风雪去为周送行，回来时发现皇上正在等她，于是把周邦彦刚填的《兰陵王》唱给宋徽宗听。李师师一边唱，一边流泪，特别是唱到"酒趁哀弦，灯映离席"时，泣不成声。宋徽宗被李师师的情义打动，下诏把周邦彦留在了京城，封为"大晟乐正"，并允许他来李师师处走动。

关于李师师的最后归宿，有许多种说法。一种说法是宋徽宗后来把李师师召进宫中，册封为瀛国夫人（另一说是封为李明妃）。宣和七年，金兵进攻汴京。兵临城下，徽宗将皇位让给了太子，自己躲进太乙宫，做起了“道君教主”。失宠的李师师被接位的钦宗“废为庶人”，逐出宫门。李师师自知祸之将至，把徽宗赏赐的钱物，悉数捐给官府，“以助河北军饷”抗金。自己束发缁衣当了女道士。靖康元年，宋钦宗下令抄了李师师家。此事《三朝北盟会编》有载：“靖康元年，尚书省直取金银，奉圣旨：‘赵元奴、李师师，曾经抵应倡优之家，逐人藉没，如违并行军法。’”

李师师因宋徽宗而得宠，又因宋徽宗而“藉没”，真是祸兮福所伏。不知道宋徽宗是否知道李师师后来的悲惨处境。当然，即使知道，连自身命运都无法把握的宋徽宗也已爱莫能助。

另一种说法是金兵占领汴京后，主帅挞懒点名要李师师，说金主也知道李师师，并想得到她。降将张邦昌等人四处寻找李师师，最后找到了把她献给金主。李师师怒斥张邦昌：“吾以贱妓，蒙皇帝眷，宁一死无他志。若辈高爵厚禄，朝廷何负于汝，乃事事为斩灭宗社计？”尔后“乃脱金簪自刺其喉，不死；折而吞下，乃死。”（见《李师师外传》）也有人说李师师自杀不成，便自毁容貌。金主于是强迫她嫁给一个身有病残的老兵为妻，作为对她抗拒的惩罚。

还有一种说法是靖康之难后，李师师随逃难人群流落江南。《青泥莲花记》称：“靖康之乱，师师南徙，有人遇之湖湘间，衰老憔悴，无复向时风态。”《墨庄漫录》的说法与此相近：“李生（指师师）流落来浙，士大夫犹邀之以听其歌，然憔悴无复向来之态矣。”两者的区别是一说流落湖南，一说流落浙江。陈忱的《水浒后传》说，李师师流落临安（杭州），寓居西湖葛岭，仍操旧业为生。《宣和遗事》也说李师师南徙，不同的是“流落湖湘间，

为商人所得”。宋人刘子翚的《汴京纪事》诗概括了李师师南徙后的凄凉处境：“辇毂繁华事可伤，师师垂老过湖湘。缕金檀板今无色，一曲当年动帝王。”

最后录一种较为浪漫的说法。据《耆旧续闻》载，李师师在南徙途中，竟意外地碰到周邦彦，两人互诉衷肠，泪流满面。李师师准备跟随周邦彦，但“师师欲委身而未能也”，因为周妻死活不从。在这逃难途中，垂垂老矣的周邦彦已无法风流也无力风流，无奈之中只好填词一首倾诉心声：“波落寒汀，村渡向晚，遥看数点帆小。乱叶翻鸦，惊风破雁，天角孤云缥缈。官柳萧疏，甚尚挂、微微残照。景物关情，川途换目，顿来催老。渐解狂朋欢意少。奈犹被、思牵情绕。座上琴心，机中锦字，觉最萦怀抱。也知人、悬望久，蔷薇谢、归来一笑。欲梦高唐，未成眠，霜空又晓。”

两人就此话别，各自消失在逃难人群中。李师师寓居杭州三年后，有人给她带来一封信，李师师拆开一看，是一首充满深情的《解连环》词：“怨怀无托，嗟情人断绝，信音辽邈。纵妙手能解连环，似风散雨收，雾轻云薄。燕子楼空，暗尘锁一床弦索。想移根换叶，尽是旧时，手种红药。汀洲渐生杜若。料舟依岸曲，人在天角。漫记得，当日音书，把闲言闲语，待总烧却。水驿春回，望寄我江南梅萼。弃今生，对花对酒，为伊泪落。”

红颜自古命薄，但在“憔悴无复向来之态”的今日，仍有人深情地盼望着她的“江南梅萼”，李师师伤心伤感之余，该为有周邦彦这样的一生的知音而欣慰了。

在今天的开封市北关外，尚留李师师墓一座。

李清照的秋雨黄昏

1

在李清照“绣面芙蓉一笑开，斜飞宝鸭衬香腮，眼波才动被人猜”时，她想到过有一天自己会“守着窗儿，独自怎生得黑。梧桐更兼细雨，到黄昏，点点滴滴”吗？人生如梦，有怀春也会有悲秋，然而到了“寻寻觅觅，冷冷清清，凄凄惨惨戚戚”的地步，那满腔的愁绪小小的舴艋舟是肯定载不动了。

李清照，号易安居士（似取自陶渊明《归去来辞》中的“倚南窗以寄傲，审容膝之易安”；宋人多以居士自号，如苏轼称东坡居士，欧阳修称六一居士，与带发修行的居士无涉），元丰七年（1084 年）生于官宦之家，父亲李格非官至礼部员外郎，且颇有文名，是苏轼门下的“后四学士”之一。母亲王氏是宋仁宗天圣年间状元王拱辰的孙女（现在史学界一般认为李清照母亲应是北宋初年汉国公王凖的孙女，也可能后者是李格非的续弦。缘此，李清照与秦桧的妻子当是表姊妹），《宋史》说她“亦善文”。让惜墨如金的正史点到“善文”，那可不是一般的粗通文墨了。良好的家庭背景和文化氛围，再加上自身的灵气与聪慧，使李清照“自少年便有诗名，才力华赡，逼近前辈”（王灼《碧鸡漫志》中语），同时也养成了她敢想敢说敢写的率直个性，用王灼的话

说是“自古缙绅之家能文妇女,未见如此无顾籍也”。

年轻时的李清照不但敢于在词中直写让士大夫汗颜的浓情蜜意,而且敢于在《词论》中褒贬当朝几乎所有的名士大家:“(柳永)虽协音律,而词语尘下。又有张子野、宋子京兄弟、沈唐、元绛、晁次膺辈继出,虽时时有妙语,而破碎何足名家。至晏元献、欧阳永叔、苏子瞻,学际天人,作为小歌词,直如酌蠡水于大海,然皆句读不葺之诗尔,又往往不协音律者(用现在的话说是:至于晏殊、欧阳修、苏轼这些学问大家,写词就像在大海里取一瓢水那么容易,但他们写的词都是没有理齐句子的诗,而且又往往与词的音律不协调)……王介甫(王安石)、曾子固(曾巩)文章似西汉,若作一小歌词,则人必绝倒(一定让人笑死),不可读也……后晏叔原(晏几道)、贺方回(贺铸)、秦少游(秦观)、黄鲁直(黄庭坚)出,始能知之。又晏苦无铺叙;贺苦少典重;秦则专主情致,而少故实,譬如贫家美女,虽极妍丽丰逸,而终乏富贵态;黄则尚故实,而多疵病,譬如良玉有瑕,价自减半矣。”最让人觉得不可思议的是,李清照在给当宰相的公公的诗里,有一句居然是“炙手可热心可寒”,其中的原因我们下面再说,但李清照敢于这样说,确实是自古“未见如此无顾籍”的了。

当然,欣赏李清照才气和个性的当时也大有人在。宋人朱弁在《风月堂诗话》中说:“(李清照)善属文,于诗尤工。晁无咎多对士大夫称之。如‘诗情如夜鹊,三绕未能安’,‘少陵也自可怜人,更待来年试春草’之句,颇脍炙人口。”有晁补之(字无咎)这样的大家为之张扬,再加上本身才艺的不同凡响,李清照是未出闺阁已名闻京师。

据杨雨教授考证,李清照是个大美女,说从她 31 岁时的画像看，“削肩细腰，典型的古典瘦美人”（详见杨雨的《莫道不消魂》）。与唐朝以胖为美不同，宋人崇尚清丽。从李清照在词中常妙用“瘦”字这点来看，清丽的形象大概深得其心。由此推断，她很可能也长得亭亭玉立，至少，不会是一个胖姑娘。在后人的印象中，李清照长得清瘦还缘于她“李三瘦”的称呼。李清照写过三句很有名的与瘦有关的词：“知否？知否？应是绿肥红瘦”；“莫道不消魂，帘卷西风，人比黄花瘦”；“新来瘦，非干病酒，不是悲秋”，于是被人戏称为李三瘦。

才女加美女，名声在外的李清照自然成为京城贵族弟子争相迎娶的对象，以至吏部侍郎（后升宰相）赵挺之的儿子赵明诚要编造一个故事让父亲知道他想娶的人是谁。元代伊世珍的《瑯環记》中记有这样一件轶事：“赵明诚幼时（此“幼”意为年轻），其父将为择妇。明诚昼寝，梦诵一书，觉来惟忆三句云：‘言与司合，安上已脱，芝芙草拔。’以告其父。其父为解曰：‘汝待得能文词妇也。言与司合是词字；安上已脱是女字；芝芙草拔是之夫两字。非谓汝为词女之夫乎？’”作为太学生的赵明诚，要编“词女之夫”这几个离合字，还不是易如反掌的事情？而熟读史书的赵挺之明明知道这是儿子借梦说事，在编造故事，为什么还要装出相信这是冥冥之中老天的安排，假惺惺地发问：难道说你将成为会写词女子的丈夫么？谜底是父子俩在装模作样的演戏中，已都选中李格非的女儿李清照了。

赵挺之与任礼部员外郎的李格非虽同朝为官，但政见和派别却不相同。作为苏门弟子，李格非是属于元祐党人这一派的，而赵挺之最初为官虽也是元祐派人推荐，但他跟随的却是被称为新党的蔡京等人，虽然赵跟蔡也有矛盾。两个志不同道不合

李清照的獨向黃昏

身處北南兩宋的李清照，雖歷盡人間艱苦，但她用真情和心血填寫的詞流傳了千百年，也感動了無數人。

歲次庚寅年秋書

獨向軒主亞菲

的家庭怎么会结成儿女亲家呢？原因一是当时两派的矛盾还不是很激烈，李格非和赵挺之都认可并看好对方的孩子；二是李清照的名声使赵明诚情有独钟，认定非当词女之夫不可。

李清照在《金石录后序》中说："余建中辛巳(1101年)，始归赵氏。"那年，李清照十八岁，赵明诚二十一岁。婚前两人是否碰过面，不得而知。据康震教授说，李清照的那首《点绛唇》写的很可能就是赵明诚来相亲的情景："蹴罢秋千，起来慵整纤纤手。露浓花瘦(又一瘦字)，薄汗轻衣透。见有人来，袜刬金钗溜，和羞走。倚门回首，却把青梅嗅。"当然也可能是其他的相亲者，毕竟想成为词女之夫的人不单单是赵明诚，而词中所写是李清照待字闺中情窦初开时的情景应无疑问。如果说这首《点绛唇》有可能是写其他相亲者，那么接下来的这首《丑奴儿》中的檀郎非婚后赵明诚莫属："晚来一阵风兼雨，洗尽炎光。理罢笙簧，却对菱花淡淡妆。 绛绡缕薄冰肌莹，雪腻酥香。笑语檀郎：今夜纱厨枕簟凉。"纱厨是一种考究的家具，以木做格扇，形如小屋，用以避蚊，中可置榻，框上糊以轻纱，纱多为绿色，故又名碧纱厨，也有叫蚊厨的。即使是京城汴梁，当时能睡纱厨的人家也不多，李清照婚后的生活状况由此可见一斑。而从整首词的情调来看，李清照对自己的婚姻是很满意的，对夫君也是一往情深。那时李清照快乐自信的状态，我们还可以从下面两首词中明显地感受到。《渔家傲》："雪里已知春信至，寒梅点缀琼枝腻，香脸半开娇旖旎。当庭际，玉人浴出新妆洗。造化可能偏有意，故教明月玲珑地。共赏金尊沉绿蚁(绿蚁是指酒杯中绿色的泡沫，也作酒的别称)，莫辞醉，此花不与群花比。"《减字木兰花》："卖花担上，买得一枝春欲放。泪染轻匀，犹带彤霞晓露痕。怕郎猜道，奴面不如花面好。云鬓斜簪，徒要教郎比并看。”

2

与李清照结为夫妇时，赵明诚还是国子监的太学生，尚未正式踏上仕途因而也就没有俸禄，但他却有一个需大笔花钱的爱好——收集金石书画。金指有铭文或图案的古金属器皿，石主要是指石碑。用赵明诚自己的话说：“余自少小喜从当世学士大夫（处）访问前代金石刻词。”（《金石录序》）其实赵明诚的这个爱好是受父亲的影响。赵挺之利用职务之便，收集了不少包括徽宗在内的名人书画，以致有一次黄庭坚来赵府做客后大为感叹：“观古书法甚富。”与父亲只是业余玩玩不同，赵明诚是把这当成了人生的志向，终生的事业。无独有偶，李清照对此也大有兴趣，她在《金石录后序》中说：“（赵明诚）每朔望谒告出（每逢月初月中从国子监请假出来），质衣取半千钱，步入相国寺，市碑文果实归，相对展玩咀嚼，自谓葛天氏之民也。”真是其乐融融。赵明诚为官后，收集古玩更是不遗余力。最多时，他们在老家青州用十余间房子堆放这些“穷遐方绝域”收集来的价值连城的金石书画。为了收集这些东西，把住宅命名为归来堂的李清照只好“食去重肉，衣去重彩，首无明珠翡翠之饰，室无涂金刺绣之具”。不吃大鱼大肉，不穿华丽的衣服，头上没有贵重的首饰，家里没有堂皇的装饰。对从小娇生惯养锦衣玉食的李清照来说，能做到这一点而无怨言实属不易。赵明诚曾在李清照三十一岁时的画像上题过这样几句话：“清丽其词，端正其品，归去来兮，真堪偕隐。”

虽然收集鉴赏金石书画占去了不少时间,但李清照填词的兴趣不减当初。即使赵明诚外出为官,李清照有了新词也照寄不误,并通过词把自己的相思和感受告诉丈夫:“红藕香残玉簟秋,轻解罗裳,独上兰舟。云中谁寄锦书来?雁字回时,月满西楼。花自飘零水自流,一种相思,两处闲愁。此情无计可消除,才下眉头,却上心头。”(《一剪梅》)“薄雾浓云愁永昼,瑞脑销金兽(瑞脑是一种香料,金兽是铸有兽形的铜香炉。瑞脑销金兽是倒装句,即香炉把瑞脑慢慢燃尽)。佳节又重阳。玉枕纱厨,半夜凉初透。东篱把酒黄昏后,有暗香盈袖。莫道不销魂,帘卷西风,人比黄花瘦。”(《醉花阴》)

宋朝为官有“磨勘”三年的规定,也就是初次上任的官员,有一个学习熟悉的过程,因此需要比其他官员更专心和用心,为此规定最初的三年一般不准带家眷。赵李这对恩爱夫妻于是不得不分离。独自在家的李清照是寂寞难耐无以排遣,同时也担心在外宦游的丈夫寂寞难耐移情别恋,于是频频寄词并撒娇似地要求丈夫应和。当初赵明诚收集金石李清照是兴致盎然积极配合,现在娇妻有这样的要求,做丈夫的当然也不能一笑了之不予回应。据《瑯環记》载:“易安以《醉花阴·重阳》词函致明诚,明诚难赏,自愧弗逮,务欲胜之(想超过她),一切谢客,忘食忘寝者三日夜,得五十阕(写了五十首词),杂易安作(把李清照的词夹杂在其中),以示友人陆德夫。德夫玩之再三,曰:‘只三句绝佳。’明诚诘之。(陆德夫)曰:‘莫道不销魂,帘卷西风,人比黄花瘦。’正易安作也。”

赵明诚这下服了,知道自己确实只能做词女之夫,想让李清照成为词夫之妇简直比登天还难。

在李清照的一生中,有过一段在青州(后更名为益都,现改称青州）生活的日子，而且夫妇俩一住就是十年。李清照说：“甘心老是乡矣！故虽处忧患困穷，而志不屈。”（《金石录后序》）李清照放着繁华的京城不住，怎么到赵明诚的老家去过“忧患困穷”的生活了呢？这涉及赵李两家的一段变故。

宋徽宗崇宁元年（1102 年），蔡京为相，于是大肆打击对立面元祐党人。李清照的父亲李格非牵涉其中，被罢了官。在宋徽宗亲书的元祐党人黑名单中，李格非名列二十六。而与此同时，李清照的公公赵挺之却官运亨通一路升迁，当了尚书左丞又当尚书右丞，成了手握大权的朝廷重臣。娘家遭祸让李清照忧心如焚，她于是想求助于公公赵挺之，对其父亲拉一把或网开一面。因名列元祐碑后，连家人都得被放逐。《续资治通鉴》卷八十八载：“（当时）尚书省勘会党人子弟，不问有官无官，并令在外居住，不得擅自到阙下（即京城）。”

张琰在为李格非的《洛阳名园记》作的序中说：“文叔（李格非字）在元祐官太学。丁建中靖国（亦为徽宗年号）再用邪朋，窜为党人（省略主语，意为李格非被窜改成元祐党人）。女适赵相之子，亦能诗，上赵相救其父云：‘何况人间父子情。’识者哀之（看到的人为她感到哀伤）。”张琰录的只是李清照给公公信中的其中一句，以李清照的文才，那信（或杂诗其间）当是诉之以理动之以情，写得极为感人，所以才会“识者哀之”。但公公赵挺之并没有伸出援助之手，或许赵挺之也确实没法施以援手。在当时的情况下，朝野上下对元祐党人避之唯恐不及，谁还敢替被列入元祐碑中的人说话？况且赵挺之自己还与元祐党人有一些瓜葛呢！然而在李清照看来，公公置儿女亲家于不顾，无疑是冷酷无情的铁石心肠。据晁公武《郡斋读书志》载：“李氏格非之

女，先嫁赵诚之（赵诚之系笔误，即指赵明诚。先嫁之语意为有再嫁之事），有才藻名。其舅正夫（正夫为赵挺之字）相徽宗朝（在徽宗时当宰相），李氏尝献诗曰：‘炙手可热心可寒？’”晁公武录的又是其中一句，但就是这一句，李清照的愤怒和不逊已跃然纸上。

不知道赵明诚知道李清照给他父亲呈了这样的诗后会怎么想，但从夫妻俩并没有因此反目生分这点来看，赵明诚对父亲在这件事上的无动于衷是心存芥蒂的，至少对李清照的“忤逆”表示理解和谅解。不知道赵挺之看了这诗后又会怎么想，是怒火中烧气不打一处来，恨不得把这自恃会填几阕词吟几句诗，就把什么都不放在眼里连公公都敢讽刺的儿媳赶出赵家，还是宰相肚里能撑船，把这看成是不到二十岁的小女子心急气短在发脾气使性子？也许，为官多年深知伴君如伴虎的赵挺之在读了李清照的诗后，觉得还真让似乎涉世未深的儿媳给说着了，别看今天炙手可热，对明天心里还真捏着一把冷汗呢！

果然，崇宁四年（1105 年），当了尚书右仆射兼中书侍郎也就是丞相不久的赵挺之，因与蔡京矛盾加深，只好称病辞了职位。《宋史·赵挺之传》载：“（赵）与京争位，屡陈其奸恶，且请去位避之。”然而到了崇宁五年，蔡京罢相，赵挺之又东山再起官复原职了。据说宋徽宗致情专一，但为政却是朝令夕改，就像他不断改换年号一样，朝廷的官员也是朝三暮四轮番罢黜。时隔一年，即到了大观元年（1107 年），蔡京又复相位。这次蔡京抓住赵挺之为官是元祐时期宰相刘挚推荐的把柄，说赵挺之包庇元祐党人。于是赵挺之又一次被罢官。再也经不起折腾的赵挺之回家五天后在愤懑悔恨中去世了。赵挺之的赠官被朝廷收回，其子的荫封官职也随之失去。再也无法在京城立足的赵明诚只好带着李清照去了老家青州，直到十年后重新被起用。对于那段日子时局风云变幻造成的悲欢离合，李清照曾借咏七夕写过一首《行香子》："草际鸣蛩，惊落梧桐，正人间、天上愁浓。云阶月地，关锁千重。纵浮槎来、浮槎去，不相逢。　星桥鹊驾，经年才见，想离情、别恨难穷。牵牛织女，莫是离中。甚霎儿晴，霎儿雨，霎儿风。"

3

李清照与赵明诚志趣相投伉俪相得，在人们眼里是美满的天仙配，但在长长的人生岁月中是不是也有不和谐的音律呢？诗为心声，词也是心音。先来看一首李清照的词《凤凰台上忆吹箫》："香冷金猊，被翻红浪，起来慵自梳头。任宝奁尘满，日上帘钩。生怕闲愁暗恨，多少事、欲说还休。新来瘦，非干病酒，不是悲秋。　休休！这回去也，千万遍阳关，也则难留。念武陵人远，烟锁秦楼。惟有楼前流水，应念我、终日凝眸。凝眸处，从今又添，一段新愁。"云鬓斜簪，要与春花比美的李清照怎么连头也懒得梳了？新近憔悴，与酒病无关，更不是哀叹岁月匆匆。那么这一段欲说还休的暗恨新愁到底是什么呢？

古人有借典故说事的习惯，尤其是做诗填词必嵌典故让人联想和意会，久而久之形成约定俗成的规则。李清照在这首词里用了两个奇怪的典故：武陵人远和烟锁秦楼。那么她想让人联想和意会的又是什么呢？武陵人的出处是陶渊明的《桃花源记》：武陵人误入不知有汉无论魏晋的桃花源，成了单纯的世外

桃源中人。现在武陵人远,也就是说单纯而美好的生活已远去了。另一种说法是从武陵人入桃源引申至刘义庆《幽明录》中桃林遇仙的故事:汉刘晨、阮肇进山找水源,碰到两个仙女,遂相爱成婚。半年后回家,发现许多年过去了,妻子也早已去世。现说武陵人远,意为夫君远去也将成为刘阮。秦楼又称凤楼、凤台,出处是刘向《列仙传》中萧史的故事:萧史善吹箫,作凤鸣。秦穆公以女弄玉妻之,筑凤台以居。一夕吹箫引凤,夫妇乘凤而去。秦楼本是美满之所,但古人用此典常取其离别之意。当时,赵明诚在外为官,在李清照看来是"这回去也,千万遍阳关,也则难留",而守在家里的李清照欲说还休的这一段新愁是不是在暗示赵明诚另有新欢,因此担心他们两人原有的美好生活将从此远去?

赵明诚在外另娶小妾的事情还可以从李清照《金石录后序》里的一段话中得到印证:"(建炎己酉,1129年)八月十八日,(赵明诚)遂不起,取笔作诗,绝笔而终,殊无分香卖履之意。""分香卖履"是一个成语,意为临终对妻妾的安排和留恋。语出《曹操集·遗令》:"余香可分与诸夫人,不命祭。诸舍中(众妾)无所为,可学作组履卖也。"苏轼在《孔北海赞序》中说:"(曹操)留连妾妇,分香卖履。"《金石录后序》是写给人看,如单指没有对妻子今后的生活作特别的交代和安排,熟读史书取典自如的李清照决不会随便乱用"分香卖履"这四个字。

娶妾在宋代是官宦名流的一种平常事,向来自信的李清照本应豁达视之,但她为什么一反有话直说的个性,变得忧心忡忡吞吞吐吐了呢?原因是李清照结婚多年没生孩子,这是她真正的难言之隐。赵明诚对此也很在乎,并多次在朋友面前流露出无子嗣的无奈和遗憾。同为宋金石名家的翟耆年在《籀史》中说:“(赵明诚)酷好书画,遇名迹,捐千金不少靳,畜三代(指夏、商、周三代)鼎彝甚富……无子能保其遗余,每为之叹息也。”

宋代女子不能生孩子是可以被休掉的。李清照虽无此虞,但毕竟无法理直气壮。在这样的情况下,对赵明诚在外纳妾,李清照唯有“静中吾乃得至交,乌有先生子虚子”(李清照《感怀》),与空虚寂寞交朋友了。李清照知道,一旦妾有所出,母以子贵,她与赵明诚即使再志趣相投,美好的生活也将从此远去。因此,那段日子李清照词中的幽怨,都与此有关。然而,赵明诚纳妾后仍清静无为,且终其一生都是“赵君无嗣”(宋人洪适《隶释》中语),可见无后的原因不在李清照。

如果说李清照“欲说还休”的原因是个人的“闲愁暗恨”,那么尔后“欲语泪先流”的原因便是国破家亡带来的“物是人非事事休”了。靖康元年(1126 年),金兵南下,辽阔的中原再也放不下一张安静的书案,闺阁才女李清照也由此开始了她人生后半辈子的凄凉岁月。

这一时期,李清照也一改婉约的情调和风格,写下了不少壮怀激烈的慷慨诗篇。现录一段宋人庄绰《鸡肋编》中的文字,以说明当时朝廷面临危机却无所作为和深感切肤之痛的李清照的不同凡响:“靖康初,罢舒王王安石配享宣圣,复置《春秋》博士,又禁销金(字面义为熔炼金属,这里的意思是禁止民间制造或私藏武器)。时皇弟肃王使虏,为其拘留未归。种师道欲击虏,而议和既定,纵其去(纵容种师道离开),遂不讲防御之备。太学轻薄子(意为那些不知天高地厚的太学弟子,实为正话反说)为之语曰:‘不救肃王废舒王,不御大金禁销金,不议防秋治《春秋》。’其后,金人连年以深秋弓劲马肥入寇，薄暑乃归(深秋进攻，初夏回去)。远至湖、湘、二浙，兵戈扰攘，所在未尝有乐土也。自是越人至秋亦隐山间，逾春乃出。人又以《千字文》为戏曰：'彼则寒来暑往，我乃秋收冬藏。'时赵明诚妻李氏清照，亦作诗以诋士大夫云：'南渡衣冠欠王导，北来消息少刘琨。'(王导、刘琨都是晋代北伐名将)又云：'南渡尚觉吴江冷，北狩应悲易水寒。'后世皆当为口实矣(后人都把这当成李清照攻击士大夫留下的把柄，也是正话反说)。"

那时，令李清照大失所望的不光是无所作为的朝廷和苟且偷安的士大夫，连心爱的夫君赵明诚也在该显示凛然正气和牢记守土有责的时候，做出了让李清照大为不屑的事情。建炎三年(1129 年)，赵明诚在江宁做知府，部下李谟告诉赵有人要在城里发动兵变，但赵没有采取任何行动。于是李谟只好自行组织人马，把趁夜色作乱的叛军平定了。第二天李谟来找赵明诚，没想到赵明诚昨晚见城里火光四起，与两个同僚一道从城墙上悬索逃跑了。

事情传开后，被罢官的赵明诚只好带着李清照灰溜溜地离开了江宁，"具舟上芜湖，入姑孰，将卜居赣水上"。这对一生争强好胜的李清照来说，该是多么屈辱的事情啊。船过乌江楚霸王自刎处，心里一直憋着一股气的李清照触景生情有感而发，写下了惊天地泣鬼神的雄伟诗篇——《夏日绝句》。李清照的这首绝句并不是在讽刺赵明诚，但丈夫临阵脱逃的行为肯定是触发她写下这样诗句来表达自己人生观的内在动因。宋理学大家程颐老先生曾概括宋人的个性是"皆柔软"，而李清照仅凭这首《夏日绝句》就充分显示了一个宋代女性的刚强和气魄："生当为人杰，死亦为鬼雄。至今思项羽，不肯过江东。"

4

朝廷匆忙南渡带来的是狼狈和屈辱，而对躲避战火的百姓来说，南迁带给他们的是无尽的艰辛和悲苦。他们失去的不仅仅是家园，还有无法带走的种种积累以及生活习惯和精神寄托。李清照在《金石录后序》中对此有沉痛的记述："至靖康丙午岁，侯守淄川（赵明诚在淄州当太守）。闻金人犯京师。四顾茫然，盈箱溢箧（面对这些箱笼都快装不下了的金石书画），且恋恋，且怅怅，知其必不为己物矣……既长物不能尽载，乃先去书之重大印本者，又去画之多幅者，又去古器之无款识者，后又去书之监本者，画之平常者，器之重大者。凡屡减去，尚载书十五车。至东海，连舻渡淮，又渡江，至建康。青州故第，尚锁书册什物，用屋十余间，期明年春再具舟载之。十二月，金人陷青州，凡所谓十余屋者，已皆为煨烬矣。"

然而，对李清照打击更大的是，一同生活了二十八年的丈夫赵明诚因染病至不起，尔后去世了。这年，李清照四十六岁。"葬毕，余无所之（办完丈夫的丧事，我没有地方可去），朝廷已分遣六宫，又传江（指长江）当禁渡。时犹有书二万卷，金石刻二千卷。"（见《金石录后序》）当年夫妻俩"饭蔬衣练"积累起来的价值连城的金石书画，这时竟成了李清照的包袱和负担。大病一场后，无法照看全部器物的李清照想到了赵明诚的妹夫，他是兵部侍郎，当时在洪州（今南昌）担任皇室警卫。于是李清照托人把一部分器物带往洪州。不料，"金人陷洪州，遂尽委弃（所委托之物全部丢失）。所谓连舻渡江之书，又散为云烟矣。"（同上）这以后，李清照带着一些再也不敢轻易托人照看的贵重金石书画，去投奔自己的弟弟李远。李远当时担任敕局删定官，跟着高宗皇帝一路南逃。大病初愈的李清照又是租车，又是雇舟，紧紧跟随，“到台（台州），台守已遁，之剡（到嵊县）；出陆（陆州即今建德县），又弃衣被走黄岩，雇舟入海奔行朝（迁徙中的朝廷），时驻跸章安（此时高宗住在章安）。从御舟海道之温（跟着皇帝的船队过海到温州），又之越（又到绍兴）……”（同上）

李清照作为一孀妇，本与朝廷无涉，为什么要历尽千辛万苦紧跟逃亡中的宋高宗呢？究其原因，除了弟弟在皇帝身边外，更主要的是“尽将家中所有铜器等物，欲赴外廷投进”（同上）。也就是说，想把一些有文物价值的金属器皿献给迁徙中的朝廷。李清照对赵氏皇朝并无好感，这从她的一些诗中可以看出。既然如此，她为什么还要把这纯属私家所有的东西献上去呢？原来这涉及一桩查无实据但言之凿凿的公案。

据俞正燮《易安居士事辑》载：“初，学士张飞卿者，于明诚至行在时，以玉壶示明诚，语久之，仍携壶去；时建康置防秋安抚使（当时临时京城建康设有专门防止叛国通金慰抚民众的官员），扰攘之际，或疑其馈璧北朝也。言者列以上闻，或言赵、张皆当置狱。”此事简而言之，就是有人怀疑赵明诚与张飞卿密谋把玉壶献给金国，于是把他们列入了卖身投敌的黑名单，并把这事向皇上作了汇报。馈璧北朝不但当置狱，而且罪该万死。虽赵明诚不久病死了，但这个罪名作为遗孀的李清照也是绝对担当不起，况且在她手头还留有许多贵重的东西。李清照在《金石录后序》中说：“余大惶怖，不敢言，亦不敢遂已。”吓坏了的李清照于是打算把这些金属器皿献给朝廷，以示忠诚，以正视听，以绝后患。

不料，此时的宋高宗赵构是惶惶不可终日，不但皇室驻无定所，而且奔逃马不停蹄。李清照刚刚赶到这里，行朝已迁别处。再追，又扑空。无奈之下，李清照只好把欲献之物先送往嵊县。谁知，嵊县发生兵变。后来兵变虽平定了，但那些东西却下落不明。经打听，说是被一个姓李的将军收为己有，可形单影只的李清照又怎么可能去查证呢？这时李清照在绍兴，租住一个钟姓人家的房子，手头还留有一些珍贵的便于随身携带的字画。也许是看她独自一人好欺侮，有人乘月黑风高挖壁破墙把字画偷走了。过了几天，有一个自称是钟复皓的人来对李清照说，如出钱合适，可以赎回字画。此时的李清照哪里还出得起大钱，只好尽其所能赎回“一二残零不成部帙书册，三数种平平书帖”（《金石录后序》语）。

对李清照的遭遇，不仅今人为之叹息，古人也寄予深切的同情。据说明朝宰相张居正看了《金石录后序》，就对明火执仗的会稽钟氏深恶痛绝。《玉茗琐谈》载：“张居正在政府日，见部吏钟姓浙音者，问曰：‘汝会稽人耶？’曰：‘然。’居正色变久之。吏曰：‘新自湖广迁往耳。’然卒黜之。”因为是绍兴人，又恰好姓钟，张居正就没给他好脸色看。尽管赶紧解释是新近才从湖广搬过去的，但在朝廷主政的张居正后来还是把给他罢免了。俞正燮在录这段轶闻后加了这样的注释：“文忠（张居正谥号）盖以钟复皓故。时不悉其意，以为乖暴。”意为张居正对钟姓绍兴人没有好感是因为钟复皓的缘故。当时人们不知道其中的原因，还以为是张居正乖戾粗暴。张居正与李清照所说的钟复皓相距四百多年，即使那个钟姓绍兴人不是从湖广搬过去的，与钟复皓也没什么关系；即使那个人恰巧是钟复皓的后裔，也用不着把几百年前的旧账算到他头上。可见张居正确实是个性情中人，同时也说明李清照的《金石录后序》打动过许许多多的人。

李清照在人生暮年，为生计所迫，一改清高姿态，替人写过一些与"清丽其词"风格完全不同的节庆帖子。宋人周密在《浩然斋雅谈》中说："李易安，绍兴癸亥（1143 年）在行都，有亲联为内命妇者（内命妇系宫廷中的妃嫔），因端午进帖子。《皇帝阁》曰：'日月尧天大，璇玑舜历长。侧闻行殿帐，多集上书囊。'《皇后阁》曰：'意帖初宜夏，金驹已过蚕。至尊千万寿，行见百斯男。'《夫人阁》曰：'三宫催解粽，妆罢未天明。便面天题字，歌头御赐名。'时秦楚材（秦桧兄秦梓，字楚材）在翰林，恶之，止赐金帛而罢。"一个平生与笔为伍的老妇人，除了靠自己的文才，替在宫中为妃嫔的姻亲写一些进呈皇上皇后和妃嫔间互贺的节庆帖子，以换回一些表面上是礼品而不是报酬的金帛，还能要求和希望她做什么呢？

学者陈祖美在《李清照评传》中说，秦梓忌恨弟媳妇的表妹李清照是因为她没有替他代写帖子。其实在翰林的秦梓即使再无能，写一些节庆应酬帖子还是绝对不成问题的，根本用不着李清照来代劳。让他不高兴的是写这类文案原本是翰林中人的职责和收益，现在李清照自恃能文越俎代庖无疑是目中无人丢人现眼，而且让翰林中人既失面子又失银子，作为与李清照多少有些"亲联"的他就是内心不"恶之"，表面上也不得不"恶之"了。据说自从李清照写过浓墨重彩的节庆帖子后，再有翰林代笔宫中也只赐金帛不付银两了。

5

晚年李清照最让人诟病的是那场再嫁风波。也有人认为李清照再嫁是子虚乌有之事，如明代的徐勃，清代的俞正燮，他们都认为这是李清照遭人忌恨的缘故，是有意杜撰和篡改的产物。但从宋代一些与李清照并无过节的士人的记载来看，李清照再嫁当是事实。如胡仔的《苕溪渔隐丛话》载："易安再适张汝舟，未几反目，有《启事》与綦处厚（处厚系綦密礼字）云：'猥以桑榆之晚景，配兹驵侩之下材（《云麓漫抄》中"猥"作"忍"、"景"作"节"，其意略有不同。此处可解释为以垂暮之年的窘态，嫁给了下流的市侩）。'传者无不笑之。"王灼在《碧鸡漫志》中说："赵死，（李清照）再嫁某氏，讼而离之（通过打官司分开）。晚节流荡无归。"

李清照不会不知道，她的再嫁会成为一些人茶余饭后的谈资。但人言虽可畏，毕竟无法与陷入孤立无援境地的艰难生存相比。当时，李清照大病初愈，跟随行朝四处奔波后刚刚在临安安顿下来，而剡州、会稽的遭遇仍历历在目。在这样的情况下，有人愿意娶她这个已年近五十的老妇人，以为找到风烛残年之依靠的李清照是会"牛蚁不分"的。

李清照也不会不知道，她与张汝舟结合不到一百天就"讼而离之"，会成为一些人幸灾乐祸的笑料。但一旦知道自己无法与张汝舟相处，在看清了对方的真面目后，哪怕要付出坐牢的代价，李清照也义无反顾地"惟求脱去"。这是李清照的个性使然，即使到了桑榆晚景也刚烈如火。

关于李清照与张汝舟结合及分手的原因和过程,史书笔记中均无详细记载,唯李清照给綦密礼的信里有其中委原的说明。当然这是从李清照角度说的,但滤去其间的感情色彩,还是能推测了解接近事实真相的大致情况。这封信通过宋宗室赵彦卫《云麓漫抄》中的《投内翰綦公密礼启》(内翰即翰林)留存至今。綦密礼南渡时一直追随在宋高宗身边,深得高宗信任,在朝廷中是举足轻重的人物。綦密礼与赵家是远亲,因此与李清照也算是有些瓜葛,故能在李清照最困难的时候凭着道义责任与感情因素,对李清照伸出援助之手,使李清照迅速摆脱牢狱之灾。为此,李清照用被称为"骈四俪六锦心绣口"的骈文形式给綦密礼写了这封信表示感谢。

李清照的《金石录后序》因屡被引用容易看到,而这封《投内翰綦公密礼启》相对来说较难读到,现据《云麓漫抄》全文录之:"清照启:素习义方,粗明诗礼。近因疾病,欲至膏肓,牛蚁不分,灰钉已具。尝药虽存弱弟,膺门惟有老兵。既尔苍皇,因成造次。信彼如簧之说,惑兹似锦之言。弟既可欺,持官文书来辄信;身几欲死,非玉镜架亦安知。僶俛难言,优柔莫决。呻吟未定,强以同归。视听才分,实难共处,忍以桑榆之晚节,配兹驵侩之下才。身既怀臭之可嫌,惟求脱去;彼素抱璧之将往,决欲杀之。遂肆侵凌,日加殴击,可念刘伶之肋,难胜石勒之拳。局天扣地,敢效谈娘之善诉;升堂入室,素非李赤之甘心。外援难求,自陈何害,岂期末事,乃得上闻。取自宸衷,付之廷尉。被桎梏而置对,同凶丑以陈词。岂惟贾生羞绛灌为伍,何啻老子与韩非同传。但祈脱死,莫望偿金。友凶横者十旬,盖非天降;居囹圄者九日,岂是人为!抵雀捐全,利当安往;将头碎璧,失固可知。实自谬愚,分知狱市。此盖伏遇内翰承旨,搢绅望族,冠盖清流,日下无双,人间第一,奉天克复,本缘陆贽之词;淮蔡底平,实以会昌之诏。哀怜无告,虽未解骖;感戴鸿恩,如真出己。故兹白首,得免丹书。清照敢不省过知惭,扪心识愧?责全责智,已难逃万世之讥;败德败名,何以见中朝之士。虽南山之竹,岂能穷多口之谈;唯智者之言,可以止无根之谤。高鹏尺鷃,本异升沉;火鼠冰蚕,难同嗜好。达人共悉,重子皆知。愿赐品题,与加湔洗。誓当布衣蔬食,温故知新。再见江山,依旧一瓶一钵;重归畎亩,更须三沐三薰,忝在葭莩。敢兹尘渎。"

除去一些骈文中礼节性的套话和意在言外的用典,李清照在这封信里要告诉綦密礼的是,前些日子自己因病几至不治,后事都开始准备了,因此连牛之大与蚁之小都分不清,匆忙中铸成大错。当初我相信了他的花言巧语,而且弟子(李清照对綦密礼自谦为弟子)十分幼稚,轻信官方文书(对这官方文书有两种解释:一种是张汝舟的身份证明;另一种是张汝舟给李清照看了有人上报给朝廷的黑名单,其中包括被诬馈璧北朝的赵明诚,所以李清照才会觉得"身几欲死"),陷入两难境地后是犹豫不决,在对方的强烈要求下勉强与之结合。结合后才知道亲眼看到的与以前听说的完全不同,实在难以与之相处;结合后才知道自己置垂暮之际的晚节于不顾,没想到嫁的竟是下流的市侩。既然感到厌恶之极,那唯一的愿望就是脱离;而对方一直想占有我的财产,为此甚至想杀了我。平时是肆意欺侮,动不动就拳脚相加,可怜我这刘伶似的瘦弱之躯(《晋书·刘伶传》载:"(刘伶)尝醉与俗人相忤,其人攘袂奋拳而往,伶徐曰:'鸡肋不足以安尊拳。'"后人以刘伶之肋喻瘦弱),怎禁得住他石勒似的凶猛恶拳(石勒之拳亦典出《晋书》:石勒与李阳是邻居,两人常打架,后成为朋友,石勒对李阳说:“孤往日厌卿老拳,卿亦饱孤毒手。”后人以石勒之拳喻凶狠)。悲愤难忍,我只好学谈娘向人倾诉(谈娘即谈容娘,以善诉著称。盛行于唐代的一出戏《踏摇娘》说的就是谈容娘的故事。崔令钦的《教坊记》中录有这个故事:“北齐有人姓苏,鼻包鼻,实不仕,而自号为郎中。嗜饮酗酒,每醉辄殴其妻,妻含悲诉于邻里。”);越陷越深,我不甘心像李赤一样执迷不悟(李赤系传说中人物。唐柳宗元写过一篇《李赤传》,说有一江湖浪人自夸其诗如李白,故名李赤。后李赤为厕鬼所迷,以入厕为升堂,坠厕而死。后人常用李赤事为心性迷惑的典故)。既然难以得到外人的援助,那就不妨自己向官府申诉。谁知区区小事,竟连皇上都听说了……以下是李清照对綦密礼的帮助表示感谢。

如果说李清照嫁给张汝舟是强以同归,那么她想与张汝舟分离即使学谈娘之善诉也无济于事。万般无奈之下,宁为玉碎不为瓦全的李清照决定起诉张汝舟。宋朝的法律,夫获罪妻可离之;然而宋朝的法律还规定,子告父、妻告夫不管是否是事实,都属有悖人伦,均须坐牢两年。对这,李清照是完全清楚的。为了尽快摆脱让她厌恶之极的张汝舟,李清照是豁出去了。

这件曾惊动皇上的案子,宋人李心传的《建炎以来系年要录》中有记载:“右承奉郎监诸军审计司张汝舟属吏,以汝舟妻李氏讼其妄增举数入官也。其后有司当汝舟私罪徒,诏除名,柳州编管。”张汝舟当时的官职是承奉郎,具体负责军中的账目审计。他娶李清照是初婚还是再婚史料均无记载,从官职与年龄推算应该是再婚。以李清照的学识和对宋律的了解,她知道这以自己坐牢两年为代价的告发，必须足以致罪。这样一旦坐实，就可与之分离。李清照告张汝舟的罪名是“妄增举数”。宋朝升官的规定中有一条是参加各种类型科举考试的次数，这是一种进仕的资历，也是一种进取的姿态。本来这是有案可查的事情，但由于历年参加考试的人员众多，名目繁复，一般都以自报为主，也没人会去查证，然而一旦虚报查实，属欺君之罪，轻则罢免，重则入狱。从李心传的记载中可以看出，李清照告发张汝舟擅自增加参加科举次数欺骗朝廷，经有司调查确有其事。于是张被革去官职除去名籍，发配柳州由当地负责监管。

据说张汝舟对这桩婚姻以及后来的发配也感到很委屈。当初，他费尽心思把名声在外的李清照娶到手，婚后发现李清照并没有想象中闺阁的温柔和词女的浪漫，却与普通老妇人无异，而且传说中价值连城的金石书画也几乎荡然无存。因此也以为是受骗了的他根本谈不上会对病中的李清照体贴照顾。在双方都觉得受了欺骗的情况下，争吵似乎是难免的，进而发生肢体冲突。清高自尊的李清照一辈子都不曾受过如此的痛楚和屈辱，而张汝舟作为男人即使心怀不满也不该对孱弱的李清照拳脚相向，由此可见这是一个脾气不好且缺乏教养的男人，与感情细腻多愁善感的李清照本来就不是可以在一起生活的人。李清照与之结合确实是“牛蚁不分”，病中昏了头。让张汝舟想不到的是，李清照一旦认准了要与他分手是敢作敢为什么事都做得出来的，即使坐牢也在所不惜。于是他无意或得意中告诉李清照的增举之事，最后竟成为他获罪的把柄。

张汝舟被贬柳州，李清照也依律入狱。幸亏李清照是朝中有人，在綦密礼等人的帮助下，只在狱中待了九天就出来了。如

果坐牢两年，世上或许会多一些催人泪下的悲词，但体弱多病的李清照是否还能从狱中活着出来就难说了。不知道作为李清照表妹夫的秦桧在这件事中是否也出过力，或许李清照本来就没想让比她小十岁且声誉不好的秦桧插手，或许秦桧也出过力而李清照没说。但凭秦桧当时在朝中大权在握的地位，有人对李清照网开一面，除了綦密礼的关系，很可能还有秦桧的因素和影响。

然而，不管怎么说，晚年再婚而且嫁给张汝舟这样的人，对李清照来说确实是得不偿失的人生误笔。李清照也清楚自已为此付出的沉重代价："责全责智，已难逃万世之讥；败德败名，何以见中朝之士。虽南山之竹，岂能穷多口之谈。"她唯有寄希望于"智者之言，可以止无根之谤"了。

6

经过颠沛流离的南迁和再婚风波后，一辈子与词相伴的李清照再落笔，便是凄凉的秋雨黄昏了。李清照晚年的境遇在《声声慢》一词中作了充分的描述："寻寻觅觅，冷冷清清，凄凄惨惨戚戚！乍暖还寒时候，最难将息。三杯两盏淡酒，怎敌他、晚来风急（也有一种版本为"晓来风急"）。雁过也，正伤心，却是旧时相识。 满地黄花堆积，憔悴损，如今有谁堪摘？守着窗儿，独自怎生得黑。梧桐更兼细雨，到黄昏、点点滴滴。这次第，怎一个愁字了得！ "寻寻觅觅的是失落，冷冷清清的是孤独，凄凄惨惨戚戚的是悲苦极致的感受。这一刻，黄昏细雨落在梧桐叶上那点点滴滴的声音，从字里行间传出来，让千百年后的人们都真切地听到了。

再来看李清照另一首反映晚年心境的词《永遇乐·元宵》："落日熔金，暮云合璧，人在何处？染柳烟浓（一作"染柳烟轻"），吹梅笛怨，春意知几许。元宵佳节，融和天气，次第岂无风雨？来相召，香车宝马，谢他酒朋诗侣。　中州盛日，闺门多暇，记得偏重三五。铺翠冠儿、捻金雪柳，簇带争济楚。如今憔悴（也作"于今憔悴"），风鬟霜鬓，怕见夜间出去。不如向、帘儿底下，听人笑语。"当人间的美景与欢乐已与自己无涉时，剩下的恐怕就只有帘儿底下听人笑语了。

李清照这两首反映晚年愁绪的词，在当朝宋代就有很高的评价。张端义在《贵耳集》中说："南渡以来，（李清照）常怀京洛旧事。晚年赋《元宵·永遇乐》词云：'落日熔金，暮云合璧'，已自工致。至于'染柳烟轻，吹梅笛怨，春意知几许'，气象更好。后叠云：'于今憔悴，风鬟霜鬓，怕见夜间出去'，皆以寻常语度入音律。炼句精巧则易，平淡入调者难。且《秋词·声声慢》：'寻寻觅觅，冷冷清清，凄凄惨惨戚戚！'此乃公孙大娘舞剑手。本朝非无能文之士，未曾有一下十四字叠字者，用《文选》诸赋格。后又叠云：'梧桐更兼细雨，到黄昏、点点滴滴。'又使叠字俱无斧凿痕。更有一奇云：'守定窗儿（原作为守着窗儿），独自怎生得黑。''黑'字不许第二人押。妇人中有此文笔，殆间气也。"间气，《辞海》（上海辞书出版社 1999 年版）的解释是：谓旧时杰出人物上应星象，禀天地特殊之气，间世而出，故称间气。

刘辰翁在《须溪词》中说："余自乙亥上元（1275 年）诵李易安《永遇乐》，为之涕下。今三年矣，每闻此词，辄不自堪。"

李清照还写过一首叠词的《添字丑奴儿》："窗前谁种芭蕉

树，阴满中庭，阴满中庭，叶叶心心，舒卷有余情。　伤心枕上三更雨，点滴霖霪，点滴霖霪，愁损北人，不惯起来听。”以及两首《摊破浣溪沙》：“揉破黄金万点轻，剪成碧玉叶层层。风度精神如彦辅，太鲜明。　梅蕊重重何俗甚，丁香千结苦粗生。熏透愁人千里梦，却无情。”彦辅即乐彦辅，《世说新语·品藻》载：“王夷甫太鲜明，乐彦辅我所敬。”另一首《摊破浣溪沙》：“病起萧萧两鬓华，卧看残月上窗纱。豆蔻连梢煎熟水，莫分茶。　枕上诗书闲处好，门前风景雨来佳。终日向人多酝藉，木犀花。”即使两鬓苍苍病魔缠身，李清照仍枕不离书，而默默陪伴她的是美丽芬芳的木犀花（木犀花，桂花的一种）。

最能说明李清照晚年感受的当是那首《武陵春》：“风住尘香花已尽，日晚倦梳头。物是人非事事休，欲语泪先流。　闻说双溪春尚好，也拟泛轻舟。只恐双溪舴艋舟，载不动、许多愁！”南渡后，李清照到过浙江的大部分地方。写这首词时李清照居住在金华，其时已五十三岁。国破家亡，身处异地，面对病贫中的凄凉暮景，真是“物是人非事事休”了。双溪是江名，永康东阳二水在金华南郊合流，故称双溪。唐宋时双溪是文人墨客常去游览的风景胜地。舴艋舟是一种两头尖的小船，前人诗词中常提到它，唐代张志和的《渔父》词就两次提到舴艋舟：“钓台渔父褐为裘，两两三三舴艋舟”；“霅溪湾里钓鱼翁，舴艋为家西复东”。愁本是无形的，李清照却偏说连舟也载不动，让人过目难忘印象深刻。连以豪放著称的词坛大家辛弃疾也为李清照哀怨的词句所感动，写过“博山道中效李易安体”的词《丑奴儿近》。“效易安体”的还有侯真的《眼儿媚》等等。

清人沈谦在《填词杂说》中说：“男中李后主，女中李易安，极是当行本色。”清《四库提要》的评价是：“清照以一妇人，而词格乃抗轶周柳……虽篇帙无多，固不能不宝而存之，为词家一大宗矣。”作为一大词宗，没有孩子的李清照晚年最大的心愿就是把自己一生填词的心得和技巧传于后人，包括词不仅仅是“诗余”，而是“别是一家”；包括“诗文分平侧（仄），而歌词分五音”等等。作为女词人，李清照也特别希望能找到女弟子。《宋檕醉翁谈录》中载有一个名叫韩玉父的女子的自述：“妾本秦人，先大父尝仕（曾做过官），朝乱离落，因家钱塘。儿时，易安居士教以学诗（包括词）。及笄，方择所从……”然而韩所择不良，嫁了一个负心汉，诗艺荒废了。为了找到丈夫，韩玉父在一个叫漠口铺的理发店墙上，题了一首像诗又不像诗的《寻夫题漠口铺》：“南行逾万山，复入武阳路。黎明与鸡兴，理发漠口铺。盱江在何所？极目烟水暮。生平良自珍，羞为浪子负。知君非秋胡，强颜且西去。”跟李清照学诗词的韩玉父留下来的只有这款题壁诗，虽“生平良自珍”，但尽其所学最后竟用于寻如此夫君。看来该悲哀的不仅是韩本人，还有她的老师李清照。

李清照还想教一个孙姓女孩子学诗词，但竟被拒绝了。那女孩子后来成为了大诗人陆游的夫人（似系续弦或后娶的妻子），而陆游居然还认为其夫人拒绝学诗词是“幼有淑质”。不知道陆放翁在这里说的是不是真话。如是真话，唐琬也懂诗词，那在他眼中就缺少“淑质”了？也许是盖棺定论的墓志铭中，陆游想体现女子无才便是德的当朝观念吧。据陆游《渭南文集·夫人孙氏墓志铭》记载：“夫人幼有淑质，故赵建康（古人为示尊敬把当过官的地方附于其名后）明诚之配李氏，以文辞名家，欲以其学传夫人。时夫人始十余岁，谢不可，曰：‘才藻非女子事也。’”

当李清照听到一个十余岁的女孩子这样的回答，她会作何感想？至少在那一刻，试图挣脱也凭自己的努力部分挣脱了对女性束缚的李清照会很震惊。面对稚气未脱的小女孩这老气横秋的回答，白发苍苍的李清照肯定会觉得尴尬和悲哀。其实，真正该尴尬和悲哀的不是李清照！当这摧残人性的所谓伦理道德成为普遍认同的价值标准时，女性尤其是杰出女性其命运的悲剧性也就成为了一种必然的宿命。此后，再也不见李清照"欲以其学"传人了。

宋高宗绍兴二十五年(1155 年)，李清照七十三岁。现今留存的所有史料中只到这一年为止，这以后再也没有她的任何作品与生活消息。生命的音符至此戛然而止，一代词宗就这样无声无息地消失了。因没留下墓志铭和相关记载，史学界一般把李清照的卒年定为 1155 年或稍后。也许在生命的最后时刻，李清照也悲哀地觉得在这样的时代和社会，才藻确非女子事也！

时间是最好的试金石。无数所谓的煊赫被历史的尘埃湮没了，而真正有价值的东西哪怕是一首短诗一阕小词，也会顺着人性和人情的时光隧道穿越至今。身处北南两宋的李清照，虽历尽人间悲苦，但她用心血和真情填写的词和所存不多的诗文，流传了千百年，也感动了无数人。李清照凭自己的才气和努力，终于成为中国历史上最杰出的女词人。

1987 年，国际天文学会用十五个世界名人命名新发现的水星上的十五座环形山，其中一座环形山就叫李清照。这也是到目前为止外太空中唯一以中国古代女子名字命名的地方。

唐琬的惊鸿凄影

1

绍兴的沈园能闻名遐迩长生不老，毫无疑问跟一首哀怨动人的题壁词有关，跟两个在此不期而遇的人有关。那词就是在《全宋词》中也寥若晨星的《钗头凤》，而人就是演绎了一段千古悲情的陆游与唐琬。

陆游与唐琬的故事流传很广，戏剧舞台上也常常能见到他们貌合神离或神合貌离的身影，而故事的情节主要源于宋人周密的笔记《齐东野语》。周密（1232—1298 年），字公谨，号草窗，《全宋诗》和《全宋词》中均有他的作品，有多部笔记传世。陆游去世二十二年后出生的周密，虽然是济南人，但在义乌当县令时到过绍兴，在绍兴有许多文友。喜爱梅花的周密可能也到过以梅闻名的沈园，但是否见到过陆游题壁的《钗头凤》，不得而知。或许，已数易其主的沈园此时已不见了这凄怆多于欢情的怨词。

《齐东野语》中有“放翁钟情前室”一文，详细记载了陆游与唐琬的因缘始末：

陆务观（陆游字务观，号放翁，生卒为 1125—1210 年。括号内文字系笔者注，下同）初娶唐氏，闳之女也，与其母夫人为姑侄。伉俪相得，而弗获于其姑（婆婆）。既出，而未忍绝之，则为别馆时时往焉。姑知而掩之，虽先知挈去，然事不得隐，竟绝之。亦人伦之变也。唐后改适同郡宗子（赵）士程。尝以春日出游，相遇于禹迹寺南之沈氏园。唐以语赵，遣致酒肴。翁怅然久之，为赋《钗头凤》一词，题园壁间（词略），实绍兴乙亥岁也（1155年）。

翁居鉴湖之三山，晚岁每入城，必登寺眺望，不能胜情。尝赋二绝云："梦断香销四十年，沈园柳老不飞绵。此身行作稽山土，犹吊遗踪一怅然。"又云："城上斜阳画角哀，沈园无复旧池台。伤心桥下春波绿，曾是惊鸿照影来。"盖庆元己未（1199年）岁也。（傅善增先生曾把这段文字放在下面一段，即第三段。也有人认为这段文字之所以成为第二段，是因为当年刊刻时雕版师傅拿错了抄本的页码。如果从时间顺序来看，这段确实应该放在下面，但如果是作者为了强调而有意为之呢？古文中插叙的写法屡见不鲜，而且此文因为每段都注明了年份，作者料想后人也不致混淆。故仍从中华书局《唐宋史料笔记》的版本次序。）

未久（即指绍兴乙亥不久），唐氏死。至绍熙壬子（1192年）岁，（陆游）复有诗。序云："禹迹寺南，有沈氏小园。四十年前，尝题小词一阕壁间。偶复一到，园已三易主，读之怅然。"诗云："枫叶初丹槲叶黄，河阳愁鬓怯新霜。林亭感旧空回首，泉路凭谁说断肠。坏壁醉题尘漠漠，断云幽梦事茫茫。年来妄念消除尽，回向蒲龛一炷香。"

又至开禧乙丑岁暮，（陆游）夜梦游沈氏园，又两绝句云："路近城南已怕行，沈家园里更伤情。香穿客袖梅花在，绿蘸寺桥春水生。”“城南小陌又逢春，只见梅花不见人。玉骨久成泉下土，墨痕犹锁壁间尘。”

沈园后属许氏，又为汪之道宅云。

据考证，陆游是绍兴十四年（1144年）与唐琬结婚的。那年陆游十九岁。唐琬生年已不可考，大概与陆游年龄相同或略小数岁。（在宋人的笔记中，一般只称唐琬为唐氏或某氏，唐琬两字最早出现在《香东漫笔》中：‘放翁出妻姓唐名琬。’详见丁传靖的《宋人轶事汇编》）按周密的说法，唐琬是唐闳的女儿，而唐闳与陆母是兄妹。在古代，姑表结亲是很正常的。这种亲上加亲的婚姻在当时被多数人认同并大行其道。有人借《钗头凤》引申，说当时陆家的定亲之物就是祖传的一只凤钗。我以为这很可能是戏剧中为营造气氛制造效果而凭空添加的道具。“伉俪相得而弗获于其姑”，小两口亲密恩爱但在婆婆那里却没得到认同。小夫妻过于缠绵，当婆婆的看不惯，这是有可能的，但因此要让一对恩爱夫妻劳燕分飞却令人匪夷所思。对这有悖常理的态度，有人归咎于陆母与唐琬的母亲也就是嫂子有龃龉，因而对唐琬一向有成见。但仔细一想，这个原因也是站不住脚的。既然姑嫂不和，怎么还会去结姑表亲？即使姑嫂不和，一旦侄女离唐家成了陆家儿媳后也不至于再去旧怨新结自寻烦恼。当时的风气是家有绝技传媳不传女，就是仇家之女成了儿媳也视为最亲近的自家人，何况是略有嫌隙的亲戚。

那么是不是唐琬对夫君一往情深而对婆婆不敬不孝呢？

据孙丹林教授考证，陆游多年后写的一首《夏夜舟中闻水鸟声甚哀，若曰恶姑，感而作诗》，其中的几句说的就是唐琬嫁陆家后的状况：“妾身虽甚愚，亦知君姑尊。下床头鸡鸣，梳髻著襦裙，堂上奉洒扫，厨中具盘飧。青青摘葵苋，恨不美熊蹯。姑色少不怡，衣袂湿泪痕……”即使用当时的标准看，唐琬也是一个极本分勤快的儿媳，不但对婆婆很尊敬，而且处处看婆婆的脸色行事，如果婆婆稍有不高兴，就惶惶不可终日。对一个懂诗书的大家闺秀来说，能做到这样已经是很不容易了。换句话说，唐琬婚后对婆婆是敬畏有加，举止也无可挑剔。

2

既然唐琬与陆游是伉俪相得，对公婆也很孝顺，那为什么还会出现婚变呢？查得宋人刘克庄的笔记中也有一段关于陆唐的记载，而且对他们婚变的原因有所涉及。刘克庄（1187—1269年），字潜夫，号后村，福建莆田人，赐进士出身，官至龙图阁直学士，有《后村大全集》传世。陆游去世时刘克庄二十三岁。作为晚辈，刘克庄与陆游没碰过面，陆唐的轶闻以及陆游作相关诗词的原由，他是听陆游老师曾几的孙子曾黯说的。曾黯师从过陆游，因此对陆游的情况应该说是比较了解的。

刘克庄《〈后村诗话〉续集卷二》的记载是这样的：

放翁少时，二亲教督甚严。初婚（因有再婚，故曰初婚）某氏，伉俪相得，二亲恐其惰于学，数谴妇。放翁不敢逆尊者意，与妇诀。某氏（指唐琬）改事某官（指赵士程），与陆氏有中外（即中表亲）。一日通家于沈园，坐间目成而已。翁得年甚高，晚有二绝句云：“肠断城南画角哀，沈园非复旧池台。伤心桥下春波绿，曾是惊鸿照影来。”“梦断香销四十年，沈园柳老不吹绵。此身行作稽山土，犹吊遗踪一泫然。”（二绝句与周密所录略有不同）旧读此诗，不解其意，后见曾伯温，言其详。伯温名黯，茶山（曾几）孙，受学于放翁。

作为陆游的学生，曾黯也许对刘克庄释诗较详，而涉及陆游婚变事为尊者讳可能有所保留，因此刘克庄的笔记中连唐琬与赵士程的名字都用某代替了。在介绍陆唐的婚姻时，刘与周用词相同，即“伉俪相得”，可见夫妻确实恩爱，而在叙述分手原因时，刘透露了新的信息：“二亲恐其惰于学，数谴妇。”也就是说，陆游的父母担心陆游与唐琬沉湎爱河不求上进荒废学业，为此多次责怪唐琬。这真是咄咄怪事，儿子钟于情而疏于学怎么能全怪儿媳呢？即使“数谴妇”状况仍没有改观，陆游自己难道就没有责任？而且以此决意让儿子休妻，无疑是反应过度荒唐可笑的。

其实，“恐其惰于学”是焦虑的过程，让儿子休妻的导火索是陆游科举失利，让一心盼望儿子金榜题名登科进仕光宗耀祖的父母极度失望，以致迁怒于唐琬。

陆游十六岁那年，以荫补登仕郎的资格去临安参加吏部的出官考试，这次考试因参加者有先决条件（祖上或父辈有官职或功名），故人数有限。对这相对来说比较容易因此很可能胜出的考试，陆游的父母是寄予很大的期望，几乎是眼望旌旗至专等好消息。然而，陆游名落孙山。陆游十九岁那年，又在绍兴参加了以诗赋为主要内容的进士科考试，因诗赋是陆游的长项，故这次上榜了。也就在那一年，在父母看到儿子前程的曙光中，陆游与唐琬成了亲。但那次以诗赋为主的考试只是一种获得某种资格和名望的预试，真正想要成为进士并被朝廷授予官职，还需要在第二年参加礼部主持的考试。陆游的父母“恐其惰于学”也就在这个时候，因为陆游将面临的是关系前途未来和一生命运的考试。在这种时间紧迫而又务必胜出的双重压力下，对新婚夫妻卿卿我我如胶似漆，做父母的肯定是看不惯并以为是儿媳不懂事而要“数谴妇”了。不幸的是，陆游第二年参加礼部考试再次败北。后人总结陆游屡试不中的原因是他不了解当时朝廷主政者是主张稳健“媾和”的，他以时尚的“主战”观点议政论策在取士者看来无疑是一种冒进和幼稚。但陆游的父母也许认识不到这一点，而且这是否是陆游失利的真正原因也很难说。他们只知道有能力考好的儿子在这关键的考试中失败了，没考好的原因是用功不够，而不肯用功的原因是不懂事的儿媳的拖累。

传说陆游考试失利后，他母亲专门去郊外的无量庵请尼姑妙因算卦。无事不登三宝殿，妙因猜到其中必有不如意的事情，于是顺水推舟说唐琬与陆游八字不合，轻则误导，重则害命。这“无良谬因”让陆母吓出了一身冷汗，于是决计让儿子休妻。当然，这只是不可考的传闻。但由此认定唐琬没有很好督促丈夫一心向学，却整日耳鬓厮磨缠绵不休，是陆游仕途的绊脚石，估计是陆游父母至少是陆母的真实想法，否则也就不会有“放翁不敢逆尊者意，与妇诀”这样的事情发生了。

在陆游休妻这件事中，周密包括曾亲眼看到过陆游题壁的陈鹄，都把原因归于陆母，前者说“弗获于其姑”，后者说是“不当母夫人意”，倒是刘克庄相对客观，只说是“尊者意”。让儿子休妻，对一个家庭来说绝对是一件大事，因此这应该是陆游父母共同的意愿，而不单单是陆母的决定。作为官宦之家，休妻毕竟不是一件值得张扬的事情。陆游的父亲很可能在外人面前对此是三缄其口，于是文人笔记中的黑锅也就全由本来便乖戾的陆母来背了。

陆游的父亲陆宰当过朝议大夫，管理过皇家图书馆，自己也是一个有名有藏书家。一次宋高宗诏征天下遗书，他一下子捐献了一万三千册（卷）书；而《宋史》的记载是，以恩荫补官，继承陆氏家学，做过淮西常平使、京西路转运副使，赠少师、会稽公。看来，他也是靠祖上庇荫，自己并没有正儿八经地考中过进士，怪不得把光宗耀祖的希望寄托在了儿子尤其是十分看好的三子陆游身上。但不管怎么说，陆家也是讲究礼仪的书香门第，因儿子考不上而怪罪与丈夫过于亲密的儿媳并由此休妻，于情于理都说不过去。照周密的说法，他们毕竟是姑表亲，陆母与唐父毕竟是兄妹，怎么能说休就休呢？即使不是姑表亲，唐家也是望族，怎么能随便休人家并无大过错的女儿呢？

3

行文至此，有必要探讨一下陆游与唐琬到底是不是姑表亲。据《宝庆会稽续志》（也作《宝庆续会稽志》）记载，唐琬的父亲唐闳是山阴（今浙江绍兴）人，做过郑州通判和江东运判，是北宋宣和年间颇有政绩的鸿胪少卿唐翊之子，兄弟皆以门字框命名，如均为进士的唐闶、唐阅。而陆母虽也姓唐，但据陆游在《渭南文集》中所述，是江陵（今湖北江陵）人。自己的母亲是什么地方人，陆游应该不会弄错。陆游母亲的祖父是北宋名臣唐介，唐介的孙辈皆以心字底命名，如唐懋、唐愿、唐恕、唐意等，也就是说陆游并没有一个叫唐闳的舅父，至多也是五百年前是

一家的关系。学者曾永祥认为，周密说唐闳与陆母是兄妹是看到过《后村诗话》，但理解错了刘克庄的“某氏改事某官，与陆氏有中外”这句话的原意。刘的意思是唐琬改嫁的赵士程与陆游有姻亲关系，而不是唐琬与陆游有姑表关系。据宋人王明清的《挥尘后录》记载，秦鲁国大长公主是宋仁宗的第十个女儿，大长公主的儿媳与陆游的母亲是姊妹；而《宋史》说赵士程是秦鲁国大长公主的侄孙，因此刘说陆游与赵士程“有中外”没错，他们确实是同一辈分的远亲。

当然，这只是一家之言，或许周密的说法并不是根据刘克庄来的，因为刘并没说陆母姓唐，而周密怎么能未卜先知地认定陆母恰好姓唐呢？有人坚持认为周密说陆唐为姑表亲并不是空穴来风，证据是《山阴陆氏族谱》有明确的记载：“（陆游）娶妻，与其母夫人为姑侄。”而这族谱陆游作过序，可见陆游自己也是认同这个说法的。由此引申，周密《齐东野语》中唯一搞错的是唐琬的父亲不是祖籍山阴的唐闳，而是陆游的舅舅唐意。看来是越说越远了，打住。总之，目前学术界对陆唐究竟是不是姑表亲尚无定论。

然而，不管陆游与唐琬是不是姑表亲，陆家要休明媒正娶的唐琬，毕竟要让同样是望族的唐家认可其休妻的原因并接受这个事实，换句话说，在山阴，有深厚根基的唐家也不是好欺侮的。而陆家仅凭有碍儿子仕途或者听信卦卜说辞，怎么能轻易休人女儿？看来其中还有各种笔记史料缺失遗漏的原因。那原因不但使陆家可以堂而皇之地休掉唐琬，而且唐家也只能无可奈何地予以接受。

一生写过近万首诗的陆游，“无诗三日堪忧”。他几乎天天都写诗，不但抒发豪情感受，也诉说人生经历。对与唐琬分手是什么原因比谁都清楚的陆游，在我们前面引过几句的那首《夏夜舟中闻水鸟声甚哀，若曰恶姑，感而作诗》的诗中，对此果然有所披露，前提是我们赞同孙丹林教授的考证，说这诗中的妾就是指唐琬。现据《剑南诗稿》录全诗如下：

女生藏深闺，未省窥墙藩。
上车移所天，父母为它门。
妾身虽甚愚，亦知君姑尊。
下床头鸡鸣，梳髻著襦裙。
堂上奉洒扫，厨中具盘飧。
青青摘葵苋，恨不美熊蹯。
姑色少不怡，衣袂湿泪痕。
所冀妾生男，庶几姑弄孙。
此志竟蹉跎，薄命来谗言。
放弃不敢怨，所悲孤大恩。
古路傍陂泽，微雨鬼火昏。
君听姑恶声，无乃遣妇魂。

陆游在诗中明确地告诉我们，婆婆希望儿媳为陆家生儿子，这样就可以抱孙子了。然而这个愿望落空了，唐琬在陆家三年（也有一种说法是两年多一点），竟没生一男半女，于是有人挑拨诽谤，说是唐琬命不好。前面说的婆婆动不动就给唐琬脸色看，婆婆稍不如意唐琬就泪湿衣衫，原因也是不孕给唐琬带来的压抑和悲苦，而且这时也正好是陆游科举失利前程黯淡之际。在这样的情况下，面对无情的“尊者意”，陆游与唐琬即使“伉俪相得”，也只能因“此志竟蹉跎”而“放弃不敢怨”了。

不孝有三,无后为大。在中国古代,无子是休妻最正当也是最容易认定的理由。汉《大戴礼记》中有被当时社会普遍认同的休妻七种原因——“七去”,无子列为第二。至唐代,从“七去”脱胎而来的“七出”,竟把无子列为第一,而且从社会风气层面上升到必须人人遵守的律令。《唐律疏议》中的“七出”是指:无子,淫泆,忤逆,口舌,盗窃,妒忌,恶疾。当然,作为补充,《唐律疏议》也根据《大戴礼记》的“三不去”列了“三不出”,分别是:经持舅姑丧;娶时贱后贵;有所受无所归。用现在的话说也就是操办过公婆丧事并为之守过孝的;结婚时夫家贫贱后来富贵的;嫁过来时有家有室而此时无家可归的。有这三种情况之一不能休妻。宋承唐制,而且在某些方面是有过之而无不及。因此对唐琬“耽误”陆游前程早看不顺眼的陆家以不容争辩的“无子”理由休妻(唐琬不孕的另一佐证是她后来改嫁赵士程,也没生孩子),且唐琬的情况又与“三不出”靠不上,唐家即使是不容小觑的名门望族,即使闻之是怒火中烧,也只能默默接受这难堪而屈辱的既成事实,毕竟女儿被休不是一件可以四处声张诉说不平的事情,而接下来唐家唯一能做的事情就是动用各种社会关系,倾全力为女儿另觅夫君,且希望不逊色于陆家,以此来为唐家争一口气。

“女生藏深闺,未省窥墙藩。上车移所天,父母为它门。”知书达理的唐琬怀着少女的憧憬和梦想,终于嫁得才华横溢又多情潇洒的如意郎君陆游时,她肯定觉得自己是幸运和幸福的。为此,她把女性全部的柔情和爱意都淋漓尽致地倾注在了陆游身上,而陆游对这美满的婚姻也踌躇满志十分得意,曾把描写婚后甜情蜜意的诗稿不加掩饰四处招摇(据说唐琬曾缝制一只装菊花因而清香四溢的枕头给陆游。陆游对此念念不忘，六十三岁时还以此为题材作过两首绝句："采得黄花作枕囊，曲屏深幌泌幽香。唤回四十三年梦，灯暗无人说断肠。""少日曾题菊花诗，蠹编残稿锁蛛丝。人间万事消磨尽，只有清香似旧时。"陆游在诗前序言中说："余年二十时尝作菊枕诗，颇传于人。今秋偶复采缝菊枕囊，凄然有感。"详见《剑南诗稿》卷十九），于是才有了常常故作清高对此惜墨如金的文人笔记中"伉俪相得"和"琴瑟甚和"这样令人羡慕的描述。然而，这样甜蜜的日子仅仅过了两三年就无奈地走到了尽头，一切即将烟消云散，有情人也终将成陌路客。

4

当唐琬知道自己即使作了百倍的努力还是不为陆家所容，她的悲愤与绝望可想而知。不知道她拿到心爱的夫君写给她的休书时，是镇静还是惊诧？是痛哭还是冷笑？是哀夫君愚孝懦弱，还是恨自己无缘为母？不知道视笔墨为当行本色的陆游是怎么写的休书，写了什么样的休书；是当着唐琬的面愤愤地写的，还是背着唐琬偷偷地写的？那落在纸上的是无情的浓墨还是无奈的淡描，抑或是苦涩的泪殷红的血？

除了后来那首和陆游的《钗头凤》，唐琬此时的感受不见任何史料。或许她也写过怨诗恨词，但能给谁看，敢给谁看呢？深锁闺阁也就难免在匆匆的岁月中湮灭和风化了；而当时出于无奈的陆游到了晚年还在悔恨与怨母，并写了不少这样内容的诗，单以"姑恶"为题材和意象的诗，在广为流传的《剑南诗稿》

中就有许多。姑恶是一种鸟，正像布谷鸟因叫声似布谷而命名，姑恶也因叫声近似而得名。当时有这样的传说，这种叫声凄凉的鸟是被婆婆虐待致死的少妇的化身。陆游七十五岁，作过这样一首题为《夜闻姑恶》的诗：

湖桥东西斜月明，高城漏鼓传三更。
钓船夜过掠沙际，蒲苇萧萧姑恶声。
湖桥南北烟雨昏，两岸人家早闭门。
不知姑恶何所恨，时时一声能断魂。
天地大矣汝至微，沧波本自无危机。

同年，陆游还写过一首《夜雨》诗（节录）：

飞萤方得意，熠熠相追逐；
姑恶独何怨，菰丛声若哭。

陆游八十二岁，也就是去世前三年，又写了《夜闻姑恶》的同题诗：

学道当于万事轻，可怜力浅未忘情。
孤愁忽起不可耐，风雨溪头姑恶声。

可见陆游对此是一直耿耿于怀。

唐琬被休后，周密说是“既出，而未忍绝之，则为别馆时时往焉。姑知而掩之，虽先知挈而去，然事不得隐，竟绝之”。也就是说，唐琬离开陆家后，陆游不想与她就此分离，于是另外给唐琬找了住处，并不时去那里看望和相会。陆母知道后赶过去干涉和驱逐（“掩”字在这里不是“掩盖”的意思，古汉语中的“掩”字还有“乘其不备进攻、袭击”的义项），虽然陆游预先知道母亲的举动赶紧把唐琬领走了，但与唐琬藕断丝连的事情再也瞒不住，结果只好同唐琬彻底分手。

陆游不想与唐琬分手毋庸置疑，而“为别馆”却大可存疑。首先，陆家去媳不可能是单方面的行动，必须事先通知唐家；而作为望族的唐家知道事情无可挽回后也必定会把受了委屈的女儿接回来，或者由陆家送回去。从唐琬作为女子却受到良好的诗书熏陶和唐家后来为唐琬再嫁费尽心思中可以看出，唐家很爱这个女儿，而且钟灵毓秀的唐琬很可能是唐家的掌上明珠。唐琬回娘家后，“未忍绝之”的陆游即使想去探望，唐家都未必会同意，更不用说再把唐琬接出来另置别馆了。其次，假如开始没有通知唐家，陆游只是“不敢逆尊者意”而把唐琬送出家门，并为唐琬另找住处安置，但作为大家闺秀的唐琬，会愿意和同意用这种行院女子从良为外室的屈辱形式，来继续维持与陆游不明不白的关系吗？而且这毕竟不是一天两天可以暂时掩人耳目的事情，何况唐家也同处山阴，女儿离了陆家怎么可能不知道？再者，当时陆游科举失利，虽小有诗名，但并没有实质性的一官半职，靠父母生活的他怎么可能有财力去另置别馆，从容安排唐琬的起居饮食呢？

综上所述，周密的“为别馆时时往焉”，很可能是道听途说张冠李戴；而似若亲见的“姑知而掩之，虽先知挈而去”，也很可能是陆游以后安置风尘女子的事情。陆游多情众所周知，连他自己都不予忌讳。也许，正因为与唐琬分离使陆游尔后情难至深，所以才情无所归而处处归了。

当时真实的情况应该是唐琬回娘家后，陆游与她从此天各一方，再无来往。

陆游与唐琬分手的当年，在父母迫不及待的安排下，另娶王氏为妻。也是巧合，与王氏结合后没几年，朝廷“媾和”派失势，陆游的仕途开始有起色。这在陆游父母看来也许是休唐娶王的缘故，更让陆游父母觉得决策英明选择正确的是，王氏为陆游生下了众多的儿女，光儿子就生了七个。至于陆王两人是否情投意合，不见记载因而不得而知；只知道两人是波澜不惊地厮守了半个多世纪，直到庆元三年（1197年）王氏去世。后来陆游写过一首《自伤》诗："白发老鳏哭空堂，不独悼死亦自伤。"对白头到老却先他而去的王氏表示悼念。另有一种说法，陆游娶的是孙夫人，根据是陆游在《渭南文集》中录有《夫人孙氏墓志铭》一文。然而据考证，孙氏出生于1141年，与陆游相差十六岁。陆游与唐琬分手后再婚时，那位孙氏才七岁。因此当时续娶的不可能是她。孙氏可能是陆游的续弦或小妾。

毫无疑问，唐琬再婚远比陆游困难，而能"改适同郡宗子"，是唐家费尽心思的努力结果，也是唐琬天生丽质的最好证明。赵士程是宋朝皇室宗族弟子，家也在山阴绍兴，是一儒雅名士。用陈鹄的话说是"南班士名某，家有园馆之胜"。可见不但门第高过陆家，而且家境富裕，否则陈也不会特别指出"家有园馆之胜"了。赵士程是初婚还是再婚，陈刘周都没说。即使是再婚，在男权社会，凭他这样的地位和家境，要娶一个门当户对的黄花闺女应该是轻而易举的事情，何况赵还可能是初婚呢！他能不顾拾遗之诟接受被人休掉的唐琬，除了可想而知的唐家努力请人撮合起到的效果之外，唐琬自身的秀外慧中肯定起了更关键的作用。试想，如果唐琬长得其貌不扬和毫无才气，作为当朝宗室的赵士程即使心地再善良，也不会娶可能"无子"尔后也确实"无子"的唐琬。

从周密的叙述来看，唐琬嫁到赵家后的生活应该是体面自由悠闲舒适的，否则也就不会在家有花园的前提下，再有闲情逸致与夫君一道逍遥也招摇地去春游沈园了。赵对唐也十分尊重和欣赏，至少唐在赵面前没有低三下四的自卑感，对曾经嫁陆也不用刻意回避视作忌讳。唐琬的自重和赵士程的豁达，以及夫妻俩婚后相敬如宾的状况由沈园之行中可以看出。

就在陆游和唐琬各自另组家庭并过上安宁平静生活的时候，一次意外的相遇，使这对似乎不能相互忘怀的有情人，再一次在心中激起感情的狂涛巨澜。

5

这是一个发生在暖暖春日却带凄凉秋意的邂逅故事，至于是发生在陆唐分手后的第几年，前人的说法各有不同。周密说是“绍兴乙亥”，也就是 1155 年。如果我们认定陆唐是绍兴十七年末(1147 年)分手的，那么是八年后。而陈鹄说是绍兴“辛未”年，也就是 1151 年，那么是四年后。陈鹄是唯一自称亲眼看到过陆游的题壁并把它记录在案的人，因此他的说法有一定的权威性。

陈鹄，号西塘，南阳人，南宋文士；确切生卒已不可考，如 1151 年他自称“弱冠”(古代男子二十岁左右称弱冠)，那么他的生年当为 1131 年左右，比陆游小五六岁。陈鹄曾师从陆游的兄弟陆淞。由此推断，与陆游很可能也有过交往，至少通过陆淞对陆游还是比较了解的。陈鹄的《耆旧续闻》卷十中，有一段关于陆唐的记载：

余弱冠客会稽(去会稽作客)，游许氏园(当时沈园已易主

许氏），见壁间有陆放翁题词（词略），笔势飘逸，书于沈氏园。辛未三月题（即题壁时间为 1151 年 3 月）。放翁先室内琴瑟甚和，然不当母夫人意，因出之。夫妇之情，实不忍离。后适南班士名某，家有园馆之胜。务观一日至园中，去妇闻之（被休女子听说陆游在沈园），遣遗黄封酒果馔，通殷勤（以示热情）。公感其情（陆游被她的深情所感动），为赋此词。其妇见而和之，有"世情薄，人情恶"之句，惜不得其全阕。未几，怏怏而卒。闻者为之怆然。此园后更许氏。淳熙间（1174—1189 年），其壁犹存，好事者以竹木来护之，今不复有矣。

周陈两种说法，谁的更准确呢？

周密说陆游在绍熙壬子（1192 年）写的一首诗前面加了一个序："禹迹寺南，有沈氏小园。四十年前，尝题小词一阕壁间。偶复一到，而园已三易主，读之怅然。"如果此诗确是写于绍熙壬子，那么四十年前正好如陈鹄所说是"辛未"，也就是 1151 年。然而，周密紧接着说，陆游在庆元己未（1199 年）还写过另一首七绝，其中有这样的句子："梦断香销四十年，沈园柳老不飞绵。"以此倒推应该是 1159 年，与 1155 年相近。诗句有凑整数的习惯，把四十四年说成四十年有可能，而把已近五十年的四十八年说成是四十年，可能性不是很大。

从具体的情景看，分别八年似乎更符合当时两人的身份和状态。如果是四年，各自另组家庭不久，前嫌尚未消尽，只能是相视无语擦肩而过，怎么会有勇气遣送酒肴呢？何况当时唐琬是与后夫赵士程在一起，即使赵不生妒，唐也得顾及丈夫面子有所收敛，虽心生波澜也唯有"坐间目成而已"（刘克庄语）。如果是八年，双方心态已趋平静，早已步入不同生活轨迹且渐行渐远的两人即使再难以忘怀也不至于死灰复燃破镜重圆了。在这样的情况下，反而能坦诚相见，从容致意；而赵也能对此表示理解，并希望妻子的一段未了之情由此彻底了断。

关于相遇的过程，陈周的说法也不同。陈鹄说是唐琬听说陆游在沈园，于是让人送去“黄封酒果馔”，以“通殷勤”。那么，此时唐琬身在何处，是在沈园还是在家里？如果同在沈园，很可能是相遇而不是听说。如果当时唐琬在家里，获悉陆游在沈园，即使离家不远，即使多年不见，即使情缘未了，也不会不守起码的妇道而冒昧唐突地给前夫送去酒馔。至于“通殷勤”，更是一种出于想当然的杜撰。真实的情况应该是像周密说的，是不期而遇，是两人表面已心如止水而内心仍有所牵挂的突然重逢。

那么他们怎么会在沈园相遇呢？沈园是私家园林，外人为什么可以自由进出？如果说陆游作为有一定名气且喜欢到处题诗留词的潇洒文人，阳春三月去逛私家园林，人家能网开一面破例允许，那么赵氏夫妇怎么也正好在那里呢？即使赵士程也有游春雅兴，但怎么好意思带着妻子去逛人家的私家园林？由此，需对沈园作一番探究。

沈园能在原址上留存八百多年，无疑是一个奇迹。虽然在漫长的岁月中易主无数，当年的一些亭台桥榭也早已不复存在，但至二十世纪五十年代初，毕竟还保存着占地四亩多的园落。沈园 1963 年被列为浙江省重点文物保护单位。1987 年和 1994 年有关部门分别对沈园作了仿宋扩建，2000 年对沈园进行第三次扩建，这就是我们现在看到的沈园，它占地达五十多亩。那么这是不是就是当年的规模呢？为了尽量恢复原貌，沈园扩建前的 1985 年，考古人员对原址进行了发掘，出土了不少文

唐琬的驚鴻淒影

驚鴻一瞥之餘再也無法

走出痴情溢滿的唐琬

面臨的便是和遠之背

影易之流了。

歲次庚寅年春月

於向軒主陳非書

陳非

物，而且查明当年沈园的规模至少是占地七十亩。

沈园有如此大的规模，即使是私家所有，估计也不会有森严的高墙与密匝的围篱，平时外人有兴趣，大可去里面观景赏花饮酒吟诗，所以陆游才会把这需“好事者以竹木来护之”而在园主人当时看来无疑是煞风景的词擅自题在园壁上。另据《东京梦华录》载，宋朝的特例，每年的农历三月至四月，私家园林都必须向公众开放。皇帝心血来潮时，连御花园都可以让人参观。而据郭光在《陆游传》中所说，山阴人有游春的风俗，尤其是三月初五，相传这天是大禹的生日，去禹寺祭拜或游玩的人特别多，且携带酒食，视为节日。

沈园既然那么大，而且又坐落在香火旺盛的禹迹寺旁，阳春三月，或者就是三月初五，当然会迎来许多游禹寺意犹未尽的赏春雅客，这其中包括陆游，也包括赵士程夫妇。于是两个原以为今生除了梦中再也不会相逢的人突然重逢了。惊鸿一瞥之余，诞生了千古流传的《钗头凤》；惊鸿一瞥之余，被人爱屋及乌的沈园获得了永生；惊鸿一瞥之余，再也无法走出痴情漩涡的唐琬面临的便是“雨送黄昏花易落”了。

对陆游来说，那惊鸿一瞥，给他留下了至死也无法忘怀的深刻印象，包括在他的感觉中唐琬比原来瘦了许多，以致多年后对此还记忆犹新的他吟出了这样深情的诗句：“伤心桥下春波绿，曾是惊鸿照影来。”（惊鸿的引申义是轻盈美丽，本义是惊飞的鸿雁。当时唐琬给陆游的感觉还真是两者兼而有之）陆游用“惊鸿”两字来形容当时突然相遇的唐琬的神态，看似信手拈来，实则意味深长。换一个词，还真达不到如此生动传神的效果。

6

在所有叙述沈园相逢的史料笔记中，都没有陆唐两人互致问候和对话的记载，估计是猝然相见无以为语，因而也只能默默对视而已。周密说："唐以语赵，遣致酒肴。"唐琬对赵士程具体说了什么也无从知晓，但有一点可以肯定，那话题是关于陆游，也就是她曾经的丈夫。与陆游"有中外"的赵士程应该知道陆游，包括他与唐琬的关系，而赵陆两人是否见过面就不知道了。与唐琬分手后的那些年里，陆游四处奔波频繁应考，因此与赵无缘相见或有意回避也完全可能。如果赵陆不曾见过面，那擦肩而过后唐琬就会告诉丈夫，刚才那人就是陆游。为了表示礼貌和某种无法说清的原因，唐琬或者赵士程提出并经对方同意或默许，让人给陆游送去了一些酒肴。

为什么要送会让人情致高涨的酒肴呢？有两种可能：一是赵氏夫妇游春恰好带了酒食，并有下人随行。邀陆同席当然不合适，但视而不见亦有失风度。于是顺水推舟，让下人给陆游送去酒肴，既避免了直面无语的尴尬唐突，也表达了"有中外"、"曾室内"的豁达礼节。二是"家有园馆之胜"的赵家离沈园不远，夫妻俩在沈园碰到了没想到会碰到的人，心起波澜失了游兴，因此提前回家了，但想到陆游仍在园中，且不曾带食物，于是让人送去一些酒肴。

面对不期而至的酒肴，浮想联翩的陆游是情不自禁、悲从中来。那酒，他喝得下？从陆游后来在诗中说的"坏壁醉题"来看，陆游"怅然久之"后，赵氏夫妇当然在陆游眼中主要是唐琬

让人送来的酒，他不但喝了，而且是和泪吞咽一醉方休，那苦涩的滋味和由酒激发的悲愤最后都真切地烙在了《钗头凤》上。

据说，“钗头凤”这一词牌由陆游首创。此词调原名为“撷芳词”，最初上下阕结尾处并没有三个仄声叠字，相传是宋徽宗对该词作了补充，形成了现在结尾的抑扬顿挫和荡气回肠，字数也达到六十个。陆游改词牌为“钗头凤”，一般认为是取自唐五代无名氏写的《撷芳词》中出现过的“钗头凤”三个字：“风摇荡，雨濛茸；翠条柔弱花头重。春衫窄，香肌湿；记得年时，共伊曾摘。　都如梦，何曾共；可怜孤似钗头凤。关山隔，晚云碧；燕儿来也，又无消息。”而刘黎明在《陆游悬案揭密》一文中说，陆游的词牌虽取自无名氏的《撷芳词》，而构思立意当源于唐代韩翊的“章台柳”和柳氏的“杨柳枝”。韩翊爱姬柳氏，为番将沙吒利所得，韩作“章台柳”致意：“章台柳，章台柳，往日依依今在否？纵使长条似旧垂，也应攀折他人手。”柳氏以“杨柳枝”作答：“杨柳枝，芳菲节，可恨年年赠离别。一叶随风忽报秋，纵使君来岂堪摘？”

陆游可能读到过韩柳的词，而且形式情景也确有相似之处，但问题是陆游写《钗头凤》时，怎么会预先知道唐琬看到后一定会作答呢？如果唐琬没看到，或看到了不曾作答，那形式情景不是与韩柳的唱和完全不同了吗？因此说陆游《钗头凤》的构思立意源于韩柳，似是巧合后的倒推；而且以此立论，《钗头凤》就变成为填词而填词、为效果而效果的游戏之作了。

纵观陆游当年与唐琬“夫妇之情，实不忍离”和后来“晚岁每入城，必登寺眺望（站在禹迹寺远看沈园），不能胜情”，我们相信题在断垣残壁上的《钗头凤》，是陆游惊鸿一瞥后的真情流露，是怅然久之后的必然举动；是酒浇块垒后的无所顾忌，是呕心沥血后的倾情挥洒：

红酥手，黄縢酒，满城春色宫墙柳。东风恶，欢情薄；一怀愁绪，几年离索。错！错！错！　春如旧，人空瘦，泪痕红浥鲛绡透。桃花落，闲池阁；山盟虽在，锦书难托。莫！莫！莫！

换一个角度看，陆唐两人真不该有沈园的相逢。即使相逢是无意和偶然，唐琬或赵士程也不该“遣致酒馔”。即使陆游酒不醉人人自醉，也不该“坏壁醉题”这重新勾起伤心往事的《钗头凤》。即使这样的举动是自号放翁的陆游性情使然，唐琬也不该去看这会让她伤心欲绝的“错错错”。而为什么会有这么多错，“未几，怏怏而卒”的唐琬知道么？

当然，话说回来，没有陆唐两人的沈园相逢，后人也就不会知道曾经有这样一位痴心悲情因而多病短命的女子，唐琬也将跟无数与她遭遇和命运相同或相似的女子一样，被历史无情地湮没。

陈鹄说：“其妇见而和之，有‘世情薄，人情恶’之句，惜不得其全阕。”有人据此认为唐琬只和了两句，现在流传的唐琬的《钗头凤》是后人补作的。说唐琬只和了两句是误读了陈鹄的原意。陈鹄觉得可惜的是他没有看到或拿到唐琬和的《钗头凤》全词，而不是唐琬只写了两句。毕竟，唐琬的词没有题在壁上，也不曾刊刻，只是去会稽作客的陈鹄能知道唐琬和词的前两句，已经算是难能可贵的有心人了。现在流传的唐琬的《钗头凤》有后人补凑的可能，但我们不能因此就武断地认为唐琬没写完《钗头凤》的全阕。从唐琬的才气和对此情的专注程度来看，她应该而且必然会倾全力来完成这首含泪泣血的绝命词。在没有发现或已无法发现所谓唐琬原作全阕的情况下,《历代诗余》中夸娥斋主人所录的全阕(《全宋词》也把这词归于唐琬名下),是我们现在能够看到并相信是唐琬所作的《钗头凤》:

世情薄,人情恶,雨送黄昏花易落。晓风干,泪痕残;欲笺心事,独语斜阑。难!难!难!　人成各,今非昨,病魂尝(也作常)似秋千索。角声寒,夜阑珊;怕人寻问,咽泪妆欢。瞒!瞒!瞒!

为写此文,专门去了一趟绍兴的沈园。在一座命名为伤心桥的小石桥上,驻足良久。当年的陆游是站在这样的桥上吗?八百多年过去了,尽管桥下仍有绿水春波,但那惊鸿凄影呢?

杨玉环的情天恨海

1

在马嵬坡，当唐玄宗李隆基无奈地对贵妃杨玉环说“愿妃子善地受生”时，他还记得七夕长生殿上“在天愿作比翼鸟，在地愿为连理枝”世世为夫妇的誓言么？或许，六军（据考证当时只有四军）不发的危险局面使他“江山情重美人轻”，无暇顾及当初的誓言。然而，此时此刻的杨玉环肯定不会忘记这世世相伴的誓言，因为三十八岁的她就要善地受生重新投胎了。也许，在生命的最后时刻，她后悔被“一朝选在君王侧”，早知道有这道跨不过的马嵬坡，还不如当初“养在深闺人未识”。

杨玉环出生于唐开元七年（719 年）六月初一，宋代乐史的《杨太真外传》说：“杨贵妃小字玉环，弘农华阴（祖籍华阴，今陕西渭南）人也，后徙居蒲州永乐（杨家的先人曾迁徙至蒲州永乐，今山西芮城西南）之独头村。高祖令本，金州刺史；父玄琰，蜀州司户（四川一个负责户籍田宅等事务的小官）。贵妃生于蜀（即今四川崇州），尝误坠池中，后人呼为落妃池。池在导江县前。妃早孤，养于叔父河南府士曹玄璬家（父母双亡后，被叔父杨玄璬收养）。开元二十二年十一月，归于寿邸（嫁给了寿王李瑁）。”

生活在河南杨玄璬家的杨玉环是怎么被唐玄宗的第十八个儿子李瑁发现并看中的，正统的史书上均无交代，也许是在故意回避。民间野史的说法是：开元二十二年七月，唐玄宗的女儿咸宜公主在河南洛阳举行婚礼，河南府士曹参军杨玄璬的养女杨玉环应邀参加，咸宜公主的同胞弟弟寿王李瑁对十六岁的杨玉环一见倾心。于是唐玄宗在寿王生母武惠妃的要求下册立杨玉环为寿王妃。

册封杨玉环为寿王妃一事是载入正史的。现存的《唐大诏令集》卷四十中有这样一条记载："维开元二十三年（与"外传"所说的时间相差一年），岁次乙亥，十二月壬子朔，二十四日乙亥。皇帝若曰……尔河南府士曹参军杨玄璬长女，公辅之门，清白流庆，诞钟粹美，含章秀出……今遣使礼部尚书同中书门下李林甫、副使黄门侍郎陈希烈，持节册尔为寿王妃！尔其敬宣妇道，无忘姆训；率由孝敬，永固家邦，可不慎欤！"

也许正因为有这一明媒正娶的朝廷正式公文，使为所欲为的唐玄宗后来想要名正言顺地得到儿媳杨玉环还颇费了一番周折，包括让杨玉环先脱离寿王去当女道士，为此还专门下了一道《度寿王妃为女道士敕》，煞有介事地宣称："圣人用心，方悟真宰。妇女勤道，自昔罕闻。寿王瑁妃杨氏，素以端懿，作嫔藩国。虽居荣贵，每在精修。属太后忌辰，永怀追福。以兹求度，雅志难违。用敦宏道之风，特遂由衷之情。宜度为女道士。"（见《唐大诏令集》）

"诞钟粹美，含章秀出"的杨玉环，哪里有为太后超度荐福去冷清的太真宫当女道士的"雅志"，"难违"的是皇上不能自拔的圣意吧。

关于杨玉环的父亲到底是杨玄琰还是杨玄璬，学术界有两种不同的看法。史书记载多为杨玄琰，台湾学者唐史专家南宫博先生（本名马彬，原籍浙江余姚）则认为是杨玄璬，杨玄琰只是杨玉环的叔伯："《旧唐书》连杨贵妃的父名都弄错……《新唐书》主修者不敢太抹杀事实……但对杨玉环的父叔的交待，却蒙混过去。"（见南宫博《杨贵妃，中国历史上最特出的女人》一文）南宫博先生的主要依据是："唐大诏令"作为朝廷的正式公文，是不会弄错的。

如果杨玉环的生父是杨玄璬，那么惜墨如金的新旧《唐书》，包括同是唐代的陈鸿的《长恨歌传》和乐史的《杨太真外传》就不会无缘无故地专门提到较早去世的杨玄琰，以及凭空杜撰杨玉环被收养的情节。"唐大诏令"一般来说是不会弄错的，但具体到某一件事上是不是可能采用简化的处理方式呢？说杨玉环是"杨玄璬长女"，原因很可能是当时杨玉环的父母已过世，如注明是某去世官员的女儿，在册妃这种官方文书中显得不够光彩，至少与喜庆吉祥气氛相悖。如果说是某人的养女，那仍需作一番诸如原是某人女儿，因父母双亡被收养的说明，否则就会对杨玉环的出身及来历构成新的疑问。从诏令中"公辅之门，清白流庆"的话中也可以看出，册妃文书中需特别强调的是门第与清白。因此，很可能是朝廷了解了杨玉环的真实情况后，在诏令中采用简单的也是说得过去的提法：即某现职官员的长女。

这从后来唐玄宗对杨玉环长辈的追封中也可得到印证。因为分封的头衔是直接针对个人的，所以是父亲还是叔伯，是生父还是养父就需要完全分清楚。如果当初的诏令说是现职官员

到頭來付與無情的流水

庚寅

楊玉環的情天恨海

白居易在長恨歌中說的此恨綿綿無絕期是否也包含了楊貴妃恨自己的真情愿

的女儿是给杨玉环以体面，那么现在的追封完全是沾了杨玉环的光。而参与追封过程至少是知道追封情况的杨玉环更是不可能弄错谁是生父谁是养父，让皇上张冠李戴胡乱加封。虽然养育之恩不会遗忘，但更重要的当然是生身父母，故需皇上屡屡追封且建庙题词。《旧唐书》载："妃父玄琰，累赠太尉、齐国公，母封凉国夫人，叔玄珪，光禄卿……贵妃父祖立私庙，玄宗御制家庙碑文并书。"

假如杨玉环是杨玄璬的女儿，那封杨玄琰为国公就有点无的放矢了。即使作为叔伯要追封，分量肯定要轻于生父；更不会有叔伯享有建庙的殊荣，而生父不予追封的道理。

由此可见，杨玉环应该是杨玄琰的女儿。

2

杨玉环开始嫁的虽然是唐玄宗的儿子，但她似乎命中注定该当皇后或贵妃，因为寿王差一点就被立为太子了。当时深受唐玄宗宠幸的武惠妃在后宫是一言九鼎，她为了自己的儿子李瑁能当上太子是费尽了心机，为此不惜陷害可能成为障碍的三位皇子（太子李瑛、鄂王李瑶、光王李琚），使听信武惠妃的唐玄宗将三个儿子废为庶人，尔后赐死。如果李瑁当了接班人，那杨玉环自然就是皇后。谁知老天不遂人愿，能向皇帝施加影响的武惠妃没等到改立李瑁为太子的诏书就生病死了，于是功亏一篑，因三位皇子的死而代母受过成为众矢之的的李瑁是再也当不成太子了。经过这一番折腾，唐玄宗也不想再改弦更张废长立幼，平时沉默寡言的老三（目前的老大）李亨就这样坐上了太子的位子。然而，谁又能想到，当不成李瑁皇后的杨玉环竟阴错阳差地当了唐玄宗的贵妃。唐玄宗自从废了王皇后就没有再立后，贵妃的地位相当于皇后。

唐玄宗对杨玉环一见钟情，原因当然是杨玉环的天生丽质，但后来发展到“三千宠爱在一身”，又不仅仅是美貌两字所能概括和穷尽的了。杨玉环的个性、气质、修养、智慧、爱好以及率真脱俗、善解人意等肯定也在其中起了作用。《旧唐书》说：“太真姿质丰艳，善歌舞，通音律，智算过人，每倩盼承迎，动移上意。”

当初，去骊山华清宫休闲时，唐玄宗是“忽忽不乐”，心爱的武惠妃死了，“后庭数千无可意者。”（见《旧唐书》）也就是说后宫佳丽数千，竟没有一个让皇上感兴趣的。在这样的情况下，见到作为王室成员与寿王一道去骊山的“回眸一笑百媚生”的杨玉环，唐玄宗是惊为天人，难以自持了。

在杨玉环成为寿王妃的过程中，唐玄宗应该见到过杨玉环。但当时一来武惠妃还在，唐玄宗无心端详按规定必须来朝见的未来儿媳的容貌，也不会想到这十六岁的小姑娘将来跟自己会有什么感情瓜葛，朝见无非是一个形式，只要惠妃愿意寿王喜欢就行了。二来杨玉环毕竟是出自司户士曹的小家碧玉，朝见当今皇上难免紧张拘谨，想必是伏地时间长而抬头时间少，而且这时的杨玉环多少还带有一些少女的青涩，就像是一颗还没有怒放的苞蕾，因此没有引起朝见时高高在上的唐玄宗的特别注意。然而这次见到就不同了，唐玄宗正“无可意者”，更关键的是那朵会让“六宫粉黛无颜色”的鲜花尽情地绽放了。才五十出头恰无以寄情的唐玄宗惊奇之余，知道自己将情归何

处了。

唐玄宗结识杨玉环的另一种说法是有人推荐，于是皇上召见了杨玉环，而那个推荐人就是知道唐玄宗苦闷根源的高力士。

在杨玉环成为贵妃的过程中，高力士是出了许多力的，包括把已是寿王妃的杨玉环先度为女道士很可能也是高力士的主意，因为这种事情唐玄宗也只能跟身边的亲信如高力士商量。但由此认定是高力士向唐玄宗推荐了杨玉环，却大可存疑。毕竟推荐儿媳给公公不是一件举贤不避亲的光彩事情，弄不好还会被认为是有意亵渎皇上。而且，唐玄宗不予暗示或明说，高力士即使对皇上再了解也不敢肯定已成为寿王妃好几年了的杨玉环就是唐玄宗苦苦寻求的情感伴侣。退一步说，就算有人推荐，唐玄宗也不可能为了找意中人置颜面于不顾堂而皇之地直接召见儿媳。

所以，按常理分析，唐玄宗应该是在无意中见到已成为寿王妃的杨玉环后才对儿媳大感兴趣并想入非非，而不是旁人有如此胆大妄为的先见之明。

唐玄宗在骊山见了杨玉环是“异之”(《新唐书》语)，惊奇惊喜之余也许想不起来这天仙般的美人是谁，于是便向身边的高力士打听，高力士告诉唐玄宗(或许高力士也需向旁人打听，毕竟杨玉环平时不在皇宫而在寿邸)是寿王妃。这，很可能就是传说中高力士向唐玄宗推荐了杨玉环的起因。

虽然唐玄宗是至高无上的皇帝，但在最初知道杨玉环是儿子李瑁正式册封的王妃时，很可能会觉得不便与惋惜。他后来把杨玉环度为女道士，也说明他意识到直接夺儿子的妻子有违人伦有损尊严。而他最后不顾一切要取而代之成为儿媳的丈夫，并甘愿等上四五年才正式把成了女道士的杨玉环册封为贵妃（道号为太真的杨玉环离开寿邸后就住在宫中的太真宫，其间，朝思暮想的唐玄宗难免会常常光顾太真宫去见见这位王妃出身的女道士），可见他的痴迷程度。换句话说，就是想要得到杨玉环的情感动力足以使唐玄宗跨越公公娶儿媳的伦理底线。只要能得到杨玉环，即使冒天下之大不韪，即使被今人和后人诟病和耻笑，也在所不惜！

在为儿子李瑁另立左卫勋二府右郎将韦昭训的女儿为寿王妃后，唐玄宗是迫不及待地把与他相差三十四岁的女道士杨太真册封为贵妃，两道互为因果的诏书相隔时间只有短短的十天（一为天宝四年七月二十六日壬辰，一为同年的八月六日壬寅）。为儿子另立王妃，等于公开宣告杨玉环即使不当女道士了也不可能再归寿邸；而两道诏书接踵而至，说明唐玄宗实在是等不及了，在与杨太真若即若离的交往中，想要彻底拥有她的念头是与日俱增。或许，唐玄宗就是因为自己再也等不住了才赶紧为儿子找一个替代者。

3

唐玄宗得到杨玉环的喜悦之情，《杨太真外传》里有一段描述："进见之日，奏《霓裳羽衣曲》（此曲相传为唐玄宗所作）……是夕，授金钗钿合（钿合是用金花珠宝镶嵌的盒子）。上又自执丽水镇紫库磨金琢成步摇（步摇是一种首饰，上缀珠玉，行步时摇动，故称步摇），至妆阁，亲与插鬓。上喜甚，谓后宫人曰：'朕

得杨贵妃,如得至宝也。'"而杨贵妃也没有辜负皇帝的一片痴心,"倩盼承迎,动移上意"。举一个野史所载的杨贵妃乖巧迎合的小例子,据说对杨贵妃什么都满意的唐玄宗戏称其双腿为白莲藕,于是杨贵妃也顺水推舟把自己的裤袜称为藕履。这也难怪风情万种的杨贵妃会"承欢侍宴无闲暇,春从春游夜专夜"(白居易《长恨歌》),曾被誉为"中兴之主"的唐玄宗从此不早朝了。

然而,在唐玄宗如获至宝的同时,寿王李瑁的感受又如何呢?当初,能百里挑一地娶到美貌而聪颖的杨玉环,寿王肯定是既得意又满足。凭杨玉环的善解人意,估计婚后两人的关系也是融洽和恩爱的。结婚四年多,是否有孩子,史书上没说,后人也无法凭空猜测。只是杨玉环太出类拔萃了,以至于在一般人眼里是神圣不可侵犯的皇子也留不住她。父皇要把他的妻子度为女道士,李瑁肯定清楚这是醉翁之意不在酒,但即使清楚又能怎么样呢?怪只怪母亲死得太早,如果母亲武惠妃在,父皇也不至于"忽忽不乐"不拘一格选贵妃了。

而对杨玉环来说,皇帝下诏把她度为女道士的目的她同样清楚。在这件事情上,不存在杨玉环有预谋的"倩盼承迎",作为儿媳的她事前也绝对不敢对当皇帝的公公有所挑逗和引诱。一切的缘由都是皇上那双苦闷又希望有所发现的情眼,以及杨玉环实在长得太美丽太醒目。

虽然杨玉环一开始并没有高攀当今皇上的非分之想,但有了骊山之遇后情况就不同了,至少是杨玉环明白了至尊的威严有时也可以变成痴迷的温情。而被皇上宠幸对当时任何一个女子来说都具有不可抗拒也无法抗拒的吸引力。因此已是寿王妃的杨玉环对此事的态度很可能是犹抱琵琶半遮面，半推半就欲推还就，顺其自然乐观其成。当然，这事并不是杨玉环愿意或不愿意就能改变的，何况种种迹象表明她也没有不愿意。

没人知道杨玉环与李瑁分手时的情景，是依依泪别还是惺惺相惜，只能从他们曾经夫妻一场的恩爱程度中推测了。

在成为朝野关注焦点和集“三千宠爱在一身”后，杨玉环可能会渐渐淡忘这段已羞于提及的与寿王的姻缘，但由此带给寿王的郁闷和尴尬并不会因另娶韦妃而完全消失。胆大且对此感兴趣的李商隐曾写过一首题为“龙池”的诗：“龙池赐酒敞云屏，羯鼓声高众乐停。夜半宴归宫漏永，薛王沉睡寿王醒。”夜半的宫漏声中，无法入睡的寿王在想什么呢？李商隐在另一首题为“骊山有感”的诗中写道：“骊岫飞泉泛暖香，九龙呵护玉莲房。平明每幸长生殿，不从金舆惟寿王。”寿王为何不跟在后面？因为那金舆里乘坐的不单是父皇，还有他曾经的妻子现在的母后杨玉环！

尽管有许多周折和种种非议，但杨玉环入宫后的地位还是很高的。《新唐书》说，杨太真入宫，“帝大悦，遂专房宴，宫中号‘娘子’，仪体与皇后等”。其实，杨贵妃受到的宠幸与宫中的待遇，远远超过一般意义上的皇后。据《杨太真外传》载：“上起动必与贵妃同行，将乘马，则力士执辔授鞭。宫中掌贵妃刺绣织锦七百人，雕镂器物又数百人。”高力士虽是宫人，但他又是从一品骠骑大将军，由这个唐朝最高武官军衔的人为之牵马递鞭，是何等地荣耀和风光。而为贵妃刺绣织锦者竟有七百人之多，怪不得后来在马嵬坡遗落的袜子也是绣花的锦袜。

当然，说单为贵妃刺绣织锦的就有七百人，无疑是夸张了。

实际情况应该是为以贵妃为首的整个宫廷的服饰刺绣织锦的有七百人。

杨玉环是一个得到了太多宠爱的贵妃。就其本性而言,她是一个快乐率真的女子,且待人宽厚,心地善良。朝廷对她的评价也是“贵妃杨氏,禀性柔和”(见《唐诏令·加应道尊号大赦文》)。杨贵妃最突出的一点是没有政治上的野心,这或许跟她与年近六十的唐玄宗结合后不可能再有孩子的现状有关。尽管她的枕边低语可以左右唐玄宗,但她极少干预朝政。至于杨氏家族的升迁,虽与她得宠有千丝万缕的关系,但更多的是出于唐玄宗一厢情愿的馈赠,是唐玄宗为讨她的欢心而不断给予的名誉和荣耀。如对杨氏长辈的追封,如把杨氏姊妹封为韩国夫人、虢国夫人和秦国夫人等等。而对杨钊(后皇上赐名国忠)屡屡高升直至宰相,除了他是贵妃的远房堂兄外,更主要的是他见风使舵的本领与貌似忠厚的伪装博得了唐玄宗的信任和赏识。唐玄宗对杨国忠委以重任的根本目的是为了抵消和削弱李林甫在朝中的势力。对此,唐玄宗曾亲口对杨国忠说过:“朕用卿,盖不缘妃也。”(见《杨太真外传》)

然而,上有所好,下必甚焉。唐玄宗宠幸杨贵妃“甚于惠妃”的情况传开后,投机钻营者知道有机可乘了。据《杨太真外传》载:“岭南节度张九章,广陵长史王翼,以端午进贵妃珍玩衣服,异于他郡,九章加银青光禄大夫,翼擢为户部侍郎。”只要博得贵妃开心皇上就高兴,而皇上一高兴就有加官晋爵的机会。于是百官纷纷效仿,“长吏日求新奇以进奉”(出处同上),唯恐自己的进献不如别人。这中间,要数胡人安禄山的奉承献媚显得最为别出心裁和登峰造极,因而效果也最好,收获也最大。

据《旧唐书》载："天宝中，范阳节度使安禄山大立边功，上深宠之。禄山来朝，帝令贵妃姊妹与禄山结为兄弟（妹），禄山（却）母事贵妃。"本来唐玄宗要他们（杨氏姊妹包括杨铦、杨钊）与安禄山结为兄弟姊妹，谁知安禄山偏偏要矮化自己，去认比自己小二十多岁的杨贵妃为干娘，而且得意洋洋地大肆宣扬，出入宫禁厚着脸皮说是儿子去拜见母亲。有人说是安禄山起了邪心，想以此接近杨贵妃。《杨太真外传》载："初，禄山尝于上前应对，杂以谐谑。妃常在座，禄山心动。及闻马嵬之死，（安禄山）数日叹惋。"

据说虢国夫人为了寻开心，还在宫中导演过一出"贵妃洗儿"的闹剧。巴蜀一带的风俗，儿子初生时，用锦兜兜着四处游走，以乞赏钱。洗儿乞赏在民间是表示婴儿身贱，用乞赏来纳福。五十多岁大腹便便据说有三百多斤重的安禄山，被七八个内侍用很大的锦兜裹着当贵妃新降生的婴儿，在众人的哄笑赏赐中被抬着到处转悠，那被戏弄和玩弄的感觉只有他自己最清楚；而他之所以甘当逗人开心的宫中小丑，其中的目的当然也只有他自己最清楚。《资治通鉴》对贵妃洗儿一事亦有记载："禄山生日，上及贵妃购衣服……召禄山入禁中，贵妃以锦绣为大襁褓，裹禄山，使宫人以彩舆舁之。上闻后宫欢笑，问其故，左右以贵妃三日洗儿对。上自往观之，喜，赐贵妃洗儿金银钱，复厚赐禄山。尽欢而罢。"

不仅如此，安禄山还故意在唐玄宗面前做出异常举动，以期放大献媚的效果。唐玄宗设宴招待安禄山，"上与贵妃共坐，禄山先拜贵妃。上问何故，对曰：'胡人先母后父。'上悦。"（见《资治通鉴》）《杨太真外传》的说法略有不同："禄山每就坐，不

拜上而拜贵妃。上顾而问之:‘胡不拜我而拜妃子,意者何也?’禄山奏云;‘胡家不知其父,只知其母。’上笑而赦之。”

安禄山知道,唐玄宗会对先拜贵妃后拜皇上或只拜贵妃不拜皇上的举动感到不解而“问之”,他的回答想必也是早已准备好了的。其实已对唐玄宗宠妃的程度了如指掌的安禄山,是故意用这看似会冒犯皇上的方式来向杨贵妃献媚,目的当然是为了取悦唐玄宗。因为对沉溺爱河的唐玄宗来说,不管把杨贵妃抬到怎样至高无上的地位都不过分,即使因此冒犯皇上也会得到原谅。不出狡猾的安禄山所料,唐玄宗果然对这事出有因的明显藐视“笑而赦之”,甚至为此感到高兴。居心叵测的安禄山也由此得到了唐玄宗更多的宠信,攫取了更大的权力,从而埋下了“安史之乱”的祸根。

4

如果说认安禄山为干儿子对杨贵妃的名声是一种损害,那么另一件让杨贵妃名声受到损害的便是“妃嗜荔枝”。尤其是杜牧的那首《过华清宫》诗“长安回望绣成堆,山顶千门次第开。一骑红尘妃子笑,无人知是荔枝来”传开后,杨贵妃恃宠呈骄、奢侈无度的印象便在人们心目中深深地留下了。

《新唐书》说:“妃嗜荔支(枝),必欲生致之,及置骑传送,走数千里,味未变已至京师。”明张岱在《夜航船》中说:“唐天宝中,贵妃嗜鲜荔枝。涪州岁命驿递,七日夜至长安,人马俱毙。”这说得有点可怕,马也许会累倒,人何至于此?而且这送荔枝的人马也不是从产地直至长安,而是一站站接转的,否则何用“驿递”？

杨贵妃喜欢吃荔枝，大概确有其事。然而正像名人的爱好常常会成为众人的谈资一样，这事很可能也被夸大了，有了艺术加工的成分。比如杜牧的那首诗，就有人认为是一种虚构，至少是失实。北宋大书法家蔡襄也认为这是误传，生于福州的他在《荔枝谱》里说："虽曰献鲜而传置之速，然腐烂之余，色香味之存者亡几矣，是生荔枝中国未尝见也（因此新鲜的荔枝在中原是看不到的）。"诗人曾巩也在《福州拟贡荔枝状》中说："生荔枝留五七日辄坏，故虽岁贡，皆干而致之。"他的意思是虽每年进献，但送去的都是干荔枝。

白居易对荔枝也颇为熟悉，他曾作过一篇《荔枝图序》，其中说：荔枝"若离本枝，一日而色变，二日而香变，三日而味变，四五日外，色香味尽去矣"。也许正因为白居易十分了解荔枝的特性，所以对"走数千里，味未变已至京师"这样的说法并不认同，故在《长恨歌》中没有一句提到在别人眼中是极好诗词材料的"妃嗜荔枝"。

《杨太真外传》对此也没作过多的展开，只是简单地录入前人的记述："妃子既生于蜀，嗜荔枝。南海荔枝，胜于蜀者，故每岁驰驿以进。"接着笔调一转说："然方暑而熟，经宿则无味。后人不能知也。"联系上面的记述，意为虽每年由驿骑送来，然而因为是夏天荔枝熟得快，过一个晚上就不好吃了。这是后人所不知道的。

荔枝不易保存是常识，古今相同，后人怎会不知？作者想提醒我们的是不是杨贵妃并不像传说的那样"一骑红尘妃子笑"，馋涎欲滴地等着吃千里迢迢送过来的已无味的荔枝？即使杨贵

妃吃过一次可能是高力士推荐的到长安已色香味全变的荔枝，也决不想吃第二次了。

为什么说可能是高力士推荐的呢？因为有人考证出高力士是今广东茂名一带的潘州人，而当年驿骑传送至长安的就是高力士家乡潘州产的荔枝，所以认为是高力士向生于四川对岭南并不了解的杨贵妃推荐了自己家乡的特产。

“每岁驰驿以进”可能只是岭南官吏的自作多情，进献无以赶超别人，便快递新鲜荔枝，以为驿骑红尘定能博妃子一笑。当然，也可能是唐玄宗知道杨贵妃喜欢吃荔枝而特地让他们送的。“玄宗不是偏行乐，只为当时四海闲。”（薛能《过骊山》）天宝年间，天下太平，久无战事使刀枪入库马放南山。因此在皇帝眼中，千里快递送荔枝或许正是闲来无事的驿站人员要做和该做的事情。

5

只知享乐不管世事的杨贵妃很少与人有过节，但据说李白得不到唐玄宗重用的原因是杨贵妃在从中作梗。

爱好诗歌的杨贵妃怎么会与大诗人李白过不去呢？传说中事情的起因是这样的：一次唐玄宗和杨贵妃在宫中夜赏牡丹，把兴庆池和沉香亭照得如同白昼，唐玄宗还叫来了梨园弟子助兴。“上曰：‘赏名花，对妃子，焉用旧乐词为。’遽命龟年（即李龟年，唐代著名宫廷乐师）持金花笺，宣赐翰林李白立进《清平乐》词（应为“清平调”乐府诗）三篇。”（见《杨太真外传》）正醉后酣睡的李白接到“立进”诗作的圣旨，酒吓醒了一半。然而毕竟是斗酒诗百篇的诗仙，弄清题意后当即捋袖提笔写了三首“清平调”乐府诗，第一首是：“云想衣裳花想容，春风拂槛露华浓；若非群玉山头见，会向瑶台月下逢。”第二首是：“一枝红艳露凝香，云雨巫山枉断肠；借问汉宫谁得似？可怜飞燕倚新妆。”第三首是：“名花倾国两相欢，长得君王带笑看；解释春风无限恨，沉香亭北倚栏干。”

自称酒仙的李白对皇上的吩咐而且是要“对妃子”而歌的诗作自然不敢掉以轻心，借着酒力是使出了浑身的解数。在李白的诗中这几首虽然显得一般，但这名为咏花实为颂妃且是“立进”的乐府诗还是博得了唐玄宗和杨贵妃的好评。杨贵妃是“持玻璃七宝杯，酌西凉州葡萄酒，笑领歌，意甚厚……上自是顾李翰林尤异于他学士。”（见《杨太真外传》）既然被皇上另眼相看，那么李白被提拔重用是指日可待的事情。谁知李白平时恃才傲物曾得罪过高力士，“力士终以脱靴为耻，异日，妃重吟前词（诗），力士戏曰：‘始为妃子怨李白深入骨髓，何翻拳拳如是耶！’（开始还以为娘娘会恨死李白，怎么反而对这些诗喜欢成这样！）妃子曰：‘何学士能辱人如斯？’（李白说了什么侮辱人的话会让人恨之入骨？）力士曰：‘以飞燕指妃子，贱之甚矣。’（似指赵飞燕出身低微，她曾是歌舞乐伎，入宫后又多有绯闻）妃深然之。上尝三欲命李白官，卒为宫中（指杨贵妃）所捍而止。”（见《杨太真外传》）

这又是一件经艺术加工与合理想象被说得有鼻子有眼的事情。其实，李白没被提拔重用与杨贵妃毫无关系。

首先，“力士脱靴”是完全经不起推敲的讹传和戏说。这事最早载于李肇的《唐国史补》：“李白在翰林多沉饮，玄宗令撰乐

词,醉不可待,以水沃之,白稍能动,索笔一挥数章,文不加点。后对御引足令高力士脱靴……”唐玄宗叫翰林供奉李白撰词写诗是很正常的事情,但李白因为酒后写了几首诗竟敢当着皇帝的面伸足让高力士脱靴,这就有些匪夷所思了。

李白来长安是谋求仕途发展的,而每次被召见都意味着有可能改变命运。因此侍从游宴、奉诏写诗李白都很谨慎尽力,也分外珍惜这难得的机遇。李白的个性固然自负自傲且好酒,但即使性之所致有酒壮胆,也不至于面对皇帝羞辱并没有得罪他的而且在众人眼里是德高望重的高力士。在翰林院当供奉的李白不会不知道高力士是协助唐玄宗登上皇位的功臣,是唐玄宗最为器重的亲信。在皇帝面前羞辱高力士无疑是藐视皇威,自毁前程。

如果说这是李白酩酊大醉后的失控举动,那么并没有醉意的唐玄宗怎么能容忍李白当着他的面伸脚让高力士脱靴?见过大场面的高力士怎么可能像《酉阳杂俎》说的是一时反应不过来给李白脱了靴?而且李白醉得自己是谁,面对的又是谁都快分不清了,还怎么能提笔写出得到皇帝好评的诗篇?这都是违背常理的事情,究其原因可能是出于宣扬李白蔑视权贵的需要而杜撰的故事。

有关高力士脱靴的传说还有许多。其中有一种说法比较合乎情理,但真实与否仍有待考证:李白与贺知章诗酒相交,关系很好。贺知章为此托杨国忠和高力士关照李白。杨国忠和高力士知道李白桀骜不驯放荡不羁。杨国忠不屑地对高力士说,此人只配捧砚。高力士附和说,只配脱靴。此事传开后竟演变成国忠为李白捧砚,力士为李白脱靴,把他们说李白的话变成了为李白做的事。

总之,力士脱靴是子虚乌有之事。既然此事不存在,那么也就不存在高力士“以脱靴为耻”向杨贵妃进谗言,从而断送李白前程的事情了。

其次,以飞燕比妃子并没有贬低和亵渎杨贵妃。唐人一向视汉为正统和样板,常以汉指代唐。白居易的“汉皇重色思倾国”的汉皇就是指唐玄宗。陈鸿在《长恨歌传》中说杨贵妃“举止闲冶,如汉武帝李夫人”,可见以汉朝中人作比喻是唐朝人的习惯。赵飞燕出身固然低微,但李白在这里采用的意象主要是指赵飞燕的美貌和受宠, 根本没有贬损讥讽杨贵妃的意思和动机。这一点唐玄宗和杨贵妃是清楚的,也根本不会去作其他联想。唐玄宗和杨贵妃都是诗歌爱好者,杨贵妃的诗还入了《全唐诗》。如果李白真在诗中掺入了大逆不道的内容,不用高力士提醒,杨贵妃或唐玄宗早有所觉察了。退一步说,即使后来杨贵妃经高力士提醒才知道以飞燕比她是“贱之甚矣”,那么“深然之”的杨贵妃仅仅阻止李白高升,而没有让唐玄宗对“辱人如斯”的李白进一步采取惩罚措施,肚量是不是太大了一点?如果唐玄宗也“深然之”,李白还能赐金放还吗?

第三,唐玄宗本来就没有打算要重用李白。李白是通过特殊途径入选翰林的,其中曲折有趣的过程真是说来话长,这里就不作展开了。需要说明的是李白不是真正意义上的翰林学士,而是翰林供奉,或叫翰林待诏,是侍奉皇帝文化娱乐,增加游宴文化氛围,提升宫廷文化品位的诗文才子。虽然也不排除皇帝心血来潮的破格提拔,但一般情况下是不会让这样的人担任朝廷重要职务的。用唐史专家康震的话说是:“在宫廷中,他们与皇帝的关系虽较为密切,有侍奉之便,但是并没有什么政治地位,更不可能发挥较大的政治作用,当然也就没有什么政治前途。”(见《康震品李白》)

当意识到理想与现实之间有无法跨越的鸿沟时,本来就嗜酒的李白便借酒浇愁以醉为荣了。唐玄宗虽“甚爱其才,或虑乘醉出入省中,不能不言温室树(《汉书》载,大臣孔光一次回家省亲,家人问起长乐宫温室殿外有些什么树,孔光顾左右而言他。后人用温室树来比喻朝中机密),恐掇后患,异惜而逐之”(见范传正的《唐左拾遗翰林学士李公新墓碑并序》)。

李白的没被提拔重用, 与当时朝廷派系林立的局面有关,与唐玄宗对他的定位判断有关,与他有文学才能却不一定有政治才能有关, 与他豪放自负的个性和一醉方休的习惯有关,唯与杨贵妃无关!

6

不知少女时代的杨玉环是胖是瘦,但成为贵妃后她的“丰腴”让人印象深刻,几乎所有史书在记述杨贵妃时都会对此提上一笔。唐朝以胖为美,不知是缘于杨贵妃,还是成全了杨贵妃。不过有一点可以肯定,宫廷的审美情趣会影响整个社会的时尚和风气。有人考证,说唐以后塑菩萨,都以杨贵妃的面相和体态为蓝本;要想了解杨贵妃的大致模样,去看唐代后期的菩萨就行了。此话是否确凿不得而知,但入画的唐仕女确实大都端庄丰腴。

杨贵妃虽体态丰盈,却是一个颇负盛名的舞蹈高手。据说她跳得最好的是《霓裳羽衣》舞，而且对此有充分的自信。《杨太真外传》载：一次，“上在百花院便殿，因览《汉成帝内传》，时妃子后至，以手整上衣领，曰：‘看何文书？’上笑曰：‘莫问。知则又殢人。’（殢，困扰、纠缠之意）觅去，乃是‘汉成帝获飞燕，身轻欲不胜风。恐其飘翥，帝为造水昌盘，令宫人掌之而歌舞。又制七宝避风台，间以诸香，安于上，恐其四肢不禁也’。上又曰：‘尔则任吹多少。’盖妃微有肌也，故上有此语戏妃。妃曰：‘《霓裳羽衣》一曲，可掩前古。’”杨贵妃没有直接反驳唐玄宗的戏谑，而是说，凭一曲《霓裳羽衣》舞，就超过前人了。潜台词是我虽比赵飞燕胖，但舞跳得比她好。

相传《霓裳羽衣曲》是精通音律的唐玄宗的得意之作，贵妃进见之日特地为之演奏。而杨贵妃的音乐领悟能力极强，听了此曲后依韵而舞，把《霓裳羽衣曲》用舞蹈的形式进行了惟妙惟肖的演绎。唐玄宗大为惊叹，知道自己不但有了情感生活的知己，还有了艺术爱好的知音。

杨贵妃还擅长乐器，尤其是琵琶堪称一绝，为此曾招收过不少徒弟。“诸王，郡主，妃之姊妹，皆师妃，为琵琶弟子。”（见《杨太真外传》）为了突出杨贵妃的音乐天赋，唐玄宗提议用中原乐器与西域传入的乐器合在一起演奏。是日，唐玄宗手持羯鼓，杨贵妃怀抱琵琶，在众乐师的配合下尽情地演奏。这别开生面的宫廷音乐会通宵达旦，热闹非凡。

杨贵妃对打击乐也有浓厚的兴趣。“妃善击磬（磬是一种形状像曲尺的打击乐器，用玉或石制成），拊搏之音泠泠然，多新声，虽太常梨园之伎，莫能及之。”（《杨太真外传》）唐玄宗为此专门派人去采蓝田绿玉，用以制作供杨贵妃演奏的磬器。

杨贵妃的艺术才能是多方面的，她的诗也写得不错。一次唐玄宗和杨贵妃在绣岭宫游玩，兴之所至，命宫中著名舞伎张云容献舞。杨贵妃对张的舞姿很欣赏，即席写了一首七绝："罗袖动香香不已，红蕖袅袅秋烟里；轻云岭上乍摇风，嫩柳池边初拂水。"后人对此诗评价颇高：把美妙的舞姿比之秋烟芙蓉，若隐若现；又比之岭上风云，飘忽不定；再比之柳丝拂水，婀娜轻柔，并衬以罗袖动香，可谓是情景兼备出神入化。

从这首诗中也可以看出，杨贵妃对尊卑不太在意，宫伎舞跳得好，照样值得赠诗赞美。杨贵妃是否还写过其他的诗不得而知，但从她即席赋诗便出手不凡中推测，有了诗意和雅兴可能常常练笔觅句。她的这首《赠张云容舞》因《全唐诗》的收录而留存至今。

7

杨贵妃入宫后虽受到百般宠幸，但还是有过两次被逐的经历。对生活中几乎离不开杨贵妃的唐玄宗来说，轻易绝不会把费尽周折迎入宫中的杨贵妃逐出去，除非是发生了让唐玄宗大动肝火难以忍受的事情。那么，到底是什么事情让唐玄宗如此恼火，以至要把心爱的贵妃赶出宫去呢？

《杨太真外传》载："五载七月（指天宝五载，即公元746年。下同），妃子以妒悍忤旨。乘单车，令高力士送还杨铦宅……九载二月……妃子无何（意为平白无故）窃宁王玉笛吹。故诗人张祐诗云：'梨花静院无人见，闲把宁王玉笛吹。'因此又忤旨，放出。"

新旧唐书上也有类似的记载，如“五载七月，贵妃以微谴送归杨铦宅……天宝九载，贵妃复忤旨，送归外第。”（《旧唐书》）“它日，妃以谴还铦第……天宝九载，妃复得谴还外第。”（《新唐书》）但新旧唐书只记事件的结果，均没有说明理由，更没有“妒悍”、“吹笛”等被逐原因的记载。于是，各类传奇和稗史有了充分发挥想象的余地。

关于杨贵妃的“妒”有好几种传说，流传较广的嫉妒对象：一是梅妃，二是虢国夫人。

相传为唐末曹邺所作的《梅妃传》载：“梅妃，姓江氏，莆田人。父仲逊，世为医。妃年九岁，能诵‘二南’（指《诗经》、《国风》中的《周南》、《召南》，古人认为‘二南’的主要内容是歌咏后妃之事），语父曰：‘我虽女子，期以此为志。’父奇之，名之曰采苹（采苹为《召南》中的一首诗）。开元中，高力士使闽粤（这种事似乎总与高力士有关），妃笄矣（笄是束发用的簪子。古代女子到了十五岁才把头发绾起来，戴上簪子。这里指代女子到了可以谈婚论嫁的年龄），见其少丽，选归，侍明皇（即唐玄宗），大见宠幸……（妃）性喜梅，所居阑槛，悉植数株，上榜曰梅亭……上以其所好，戏名曰梅妃。”

然而好景不长，杨贵妃进宫后，梅妃受冷落，无奈迁往冷宫上阳东宫。不过唐玄宗有时还会想到她，“后上忆起，夜遣小黄门（即太监），灭烛，密以戏马（戏马是一种赌具，此处作为凭证和信物）召妃至翠华西阁，叙旧爱，（妃）悲不自胜。继而上失寤（睡过头了），侍御惊报曰：‘妃子（指杨贵妃）已届阁前，当奈何？’上披衣，抱妃（指梅妃）藏夹幕间。太真既至，问：‘梅精安在？’上曰：‘在东宫。’太真曰：‘乞宣至，今日同浴温泉。’上曰：

‘此女已放屏，并无往也。’太真语益坚，上顾左右不答。太真大怒曰：‘肴核狼藉，御榻下有妇人遗舄(鞋)，夜来何人侍陛下寝，欢醉至于日出不视朝！陛下可出见群臣，妾止此阁俟驾回。’上愧甚，拽衾向屏假寐曰：‘今日有疾，不可临朝。’太真怒甚，径归私第。”(见《梅妃传》)

作为传奇，《梅妃传》把杨贵妃的妒悍写得有声有色，十分生动，但这只是《梅妃传》中的杨贵妃，与史书中的杨贵妃相去甚远。“智算警颖，迎意辄悟”(《新唐书》语)的杨贵妃怎么可能去堵被窝，责问唐玄宗“欢醉至于日出不视朝”？自从她进宫后，皇帝不早朝已成惯例，只管欢娱一向不顾国事的杨贵妃什么时候成了煞有介事的贤内助，竟劝君“出见群臣”？在古代拥有三宫六院是皇帝的特权，即使唐玄宗宠幸杨贵妃至“春从春游夜专夜”，但偶尔召旧妃也决不至于在杨贵妃面前“愧甚”，且“拽衾向屏”，如同做了错事遭太后训斥的儿皇帝。这样的情节既不符合为人并不刻薄的杨贵妃的个性，也不符合在这些事情上向来无所顾忌的唐玄宗的身份，更不可能出现在唯皇独尊的唐代宫廷中。

其实，江采苹是否确有其人，唐玄宗身边是否有过梅妃，历来都有争议，因为正统的史籍均无她的记载。按理说，成了妃子，史籍中上肯定会留下一笔的。唐玄宗的皇后、妃嫔加美人、才人共有二十五个：王皇后、杨妃(即肃宗李亨的生母)、武惠妃、杨贵妃、赵丽妃、刘华妃、皇甫淑妃、钱妃、皇甫德仪、郭顺仪、武贤仪、董芳仪、高婕妤、柳婕妤、钟美人、卢美人、王美人、陈美人、杜美人、刘才人、阎才人、郑才人、高才人、常才人、曹才人，这些史书上均有记载，唯独没有梅妃江采苹。因此，梅妃很可能是传奇杜撰的人物。既然并无梅妃其人，那么也就不存在杨贵妃嫉妒她的事情了。

据鲁迅考证，《梅妃传》系宋代的作品，并非唐人所作："《梅妃传》一卷亦无撰人，盖见当时图画有把梅美人号梅妃者，泛言唐明皇时人，因造此传，谓为江氏名采苹，入宫因太真妒复见放，值禄山之乱，死于兵。有跋，略谓传是大中二年（大中为唐年号）所写；末不署名，盖亦即撰本文者，自云与叶梦得同时，则南渡前后（北宋末南宋初）之作矣。今本或题唐曹邺撰，亦明人妄增之。"（见鲁迅《中国小说史略》）

现在再来看看虢国夫人的情况。据《旧唐书》载：杨贵妃"有姊三人，皆有才貌，玄宗并封国夫人之号：长曰大姨，封韩国；三姨，封虢国；八姨，封秦国。并承恩泽，出入宫掖，势倾天下。"而三人之中，尤以三姨虢国夫人最为引人注目。杜甫根据见闻曾写过一首题为"虢国夫人"的诗（还有一种说法这是唐代诗人张祜的诗）："虢国夫人承主恩，平明上马入宫门；却嫌脂粉涴颜色，淡扫蛾眉朝至尊。"

虽然自称"大唐天子小姨"的虢国夫人是宫中的常客，在皇帝面前也显得较为随意和轻佻，但由此认定杨贵妃嫉妒她争宠夺爱多少显得有点勉强。因为她们姊妹三人被封为国夫人完全是杨贵妃的关系，是唐玄宗爱屋及乌才使她们有了这显赫的名分。也正因为她们与杨贵妃是姊妹才能自由"出入宫掖"，并与皇上有节庆游宴交往。即使唐玄宗对虢国夫人有好感，也无法与杨贵妃的巨大魅力相匹敌，这一点，虢国夫人清楚，杨贵妃也清楚。虢国夫人至多是在唐玄宗对杨贵妃的无限宠幸中来点拾遗补阙而已。

作为一个特别得宠又性情率直的贵妃，天天与皇上在一起发些脾气使点性子在所难免。因此在唐玄宗面前杨贵妃“悍”有可能，“妒”却未必，因为能让“六宫粉黛无颜色”的杨贵妃在这方面有充分的自信。而杨贵妃偶尔撒娇使性子对唐玄宗来说可能是一种精神调节和趣味转换，即使不乐意，想必也能姑息和包容，至少不会把杨贵妃赶出去。因此，史书上的“妒悍”也许只是被逐的表面说辞，事情可能另有隐衷。

8

杨贵妃被逐的另一个原因，“无何窃宁王玉笛吹”又是怎么一回事呢？

宁王李宪，系唐睿宗李旦的长子，李隆基的哥哥。据李宪碑载，公元 710 年，睿宗将立其为皇太子，李宪辞曰：“储副天下公器，时平则先嫡，国难则先功，重社稷也。”并涕泣以死固让，遂立平韦后之乱有功的李隆基为皇太子。李宪“一生谨畏，未尝干政”，开元七年被封为宁王。

宁王也喜欢音乐与乐器，唐玄宗常邀他一同演奏，“宁王吹玉笛，上羯鼓，妃琵琶……自旦至午，欢洽异常”（见《杨太真外传》）。既然如此，杨贵妃闲来无事拿宁王的玉笛吹一下，怎么就闯下大祸了？

有人据此推测：“梨园静悄悄，笛声飘渺。隔墙相思怎得了，频借笛声传报。”也就是说笛外有声，皇帝老子的无名之火由醋意引发。而褚人获在《隋唐演义》里索性把此事与梅妃联系起来了:“一日,玄宗宴请诸王于内殿,诸王请见妃子,玄宗应允,传命召来。召之至再,方才来到(请了好几次,杨贵妃才来)。与诸王相见毕,坐于别席。酒半,宁王吹紫玉笛为念奴和曲,既而宴罢,席散,诸王俱谢恩而退。玄宗暂起更衣,杨妃独坐,见宁王所吹的紫玉笛儿,在御榻之上,便将玉手取来把玩了一番,就按着腔儿吹弄起来。杨妃正吹之间,玄宗适出见之,戏笑道:‘汝亦自有玉笛,何不把它拿来吹着。此支紫玉笛儿是宁王的,他才吹过,口泽尚存,汝何得便吹?’杨闻言,全不在意,慢慢的把玉笛儿放下,说道:‘宁王吹过已久,妾即吹之,谅亦不妨;还有人双足被人勾踹,以致鞋帮脱绽,陛下也置之不问,何独苛责于妾也?’玄宗因他(即“她”,下同)醋妒于梅妃,又见他连日意态蹇傲,心下着实有些不悦。今日酒后同他戏语,他却略不谢过,反出言不逊,又牵涉着梅妃的旧事,不觉勃然大怒,变色厉声道:‘阿环何敢如此无礼!’便一面起身入内,一面口自宣旨:‘着高力士即刻将轻车送他还杨家去,不许入侍!’”

褚人获写的是演义,自然当不得真。而《杨太真外传》说的“窃宁王紫玉笛吹”一事,也大可存疑。除非是在一起演奏,否则宁王府在宫外,而在宫中的杨贵妃怎么能“窃取”?如果在一起演奏,唐玄宗肯定也在,杨贵妃吹一下玉笛怎么能算大逆不道的“窃取”?更关键的一点是,杨贵妃天宝九年被逐时,宁王早已死了(宁王卒于开元二十九年十一月,与杨贵妃被逐相隔八年),杨贵妃不可能借笛声给死者传情,唐玄宗更不可能对早已入土的兄长有醋意,且相隔八年再来追究此事。

那么究竟是什么事情让唐玄宗大发雷霆,以至非要逐杨贵妃不可呢?南宫博先生认为,在感情层面上,唯一会让唐玄宗感

到不安与不快的是杨贵妃与自己的儿子曾经有过的那段婚姻和情感经历。而这一点寿王李瑁也有所觉察。杨玉环被度为女道士后，寿王一直生活在惴惴不安中，直到父皇把韦昭训的女儿许配给他才知道自己的生命暂时无虞了。作为六十多岁的老人，唐玄宗对三十刚出头的杨贵妃什么都能容忍，妒也好，悍也罢，在他看来都跟小孩子闹着玩似的，而唯一不能容忍的就是杨贵妃与曾经的丈夫寿王藕断丝连。

南宫博先生在他的《杨贵妃》一书中，把杨贵妃被逐的原因归结为她出宫去看了寿王和孩子(如果她和寿王有孩子的话)。杨玉环从王妃变成贵妃后，对给她带来至尊地位和对她情有独钟的唐玄宗，是用情专一寄托了人生的全部希望，她决不会也不敢移情别恋或再去重温旧梦。她之所以出宫是受了咸宜公主的蛊惑。因为咸宜公主意识到要实现母亲武惠妃的遗愿让亲兄弟寿王当上太子，必须借助炙手可热的杨贵妃的力量，于是她巧立名目精心安排了这次旨在唤醒杨贵妃情感记忆的会面。而贵妃私自出宫是犯大忌的，更何况是去见身份如此敏感的人物。唐玄宗知道后是怒火中烧，当即把杨贵妃赶了出去。

当然，这只是南宫博先生的观点和推测。其实，在分析这一事件中，还有一点南宫博先生疏忽了，那就是寿王与宁王情同父子的特殊关系。据《新唐书》记载："妃(指武惠妃)生子必秀嶷，凡二王、一主(公主)，皆不育(没能养大)。及生寿王，帝命宁王养外邸。又生盛王、咸宜太华二公主。"当初，武惠妃生了夏悼王李一、怀哀王李敏和上仙公主，都夭折了。李瑁出生后，唐玄宗担心留在宫中步其兄后尘，就托宁王把孩子带至宁王府养育。李瑁被封寿王的原因就是希望他健康长寿不半途夭折。宁王夫妇把这个将来有可能当太子的孩子视为亲生，宁王妃元氏还亲自给孩子哺乳。寿王长大后还同宁王府保持着密切的联系，宁王死后他还主动提出要守孝三年。在寿王眼里，宁王夫妇是没有父母名分的父母。而这一切，曾经是寿王妃的杨玉环应该是知道的。

如果像《杨太真外传》所说，杨贵妃确实拿了宁王的紫玉笛，那么这紫玉笛是不是杨贵妃去看寿王或孩子时在寿王府拿的？宁王去世后，某些遗物被寿王收藏完全有可能，而杨贵妃又对乐器十分感兴趣。杨贵妃回宫后在“梨花静院无人见”时忍不住拿出玉笛吹了起来，被唐玄宗撞见后认出是宁王的紫玉笛，于是杨贵妃出宫之事败露，唐玄宗一怒之下把杨贵妃赶出了宫。

还有，杨贵妃被逐后，“引刀剪发一缭附献”（见《旧唐书》），是不是在借此表明自己对唐玄宗的忠贞不渝呢？而心有灵犀的唐玄宗一见到杨贵妃剪下的青丝就似乎明白了她的心迹，“即使力士召还”（《旧唐书》语）。由此可见，这很可能是一场因误会引起的情感纠纷，而“忤旨”、“窃笛”只不过是站在皇帝角度的说辞罢了。

其实，自从得到杨贵妃后，唐玄宗是再也离不开她了。宫中没有了杨贵妃就如同还珠后留下的空椟，虽富丽堂皇，却没有了灵气和生气，变得死气沉沉。据史书记载，赶走杨贵妃后唐玄宗是坐立不安无以终日，“比至亭午，上思之，不食。高力士探知上旨，请送贵妃院供帐、器玩、廪饩等办具百余车，上又分御馔以送之。帝动不称旨，暴怒笞挞左右。力士伏奏请迎贵妃归院。是夜，开安兴里门入内。”（见《旧唐书》）唐朝宫廷规定，除非军政急事,否则安兴门是一律不准在夜里开启的。然而皇上思妃心切,哪里还顾得了这许多,当即下旨让高力士连夜把杨贵妃从安兴门迎入宫中。

杨贵妃刚被送还至杨铦府上时,杨家人是惊恐莫名,“诸姊及铦初则惧祸聚哭,及恩赐浸广,御馔兼至,乃稍宽慰”(见《杨太真外传》)。更让杨家人没想到的是,没等翌日来临,唐玄宗就迫不及待地把杨贵妃接回去了。在回宫的途中,猜到皇帝离不开她的杨贵妃即使脸上没表露出什么,内心肯定是得意洋洋充满喜悦。

与前面形成鲜明对比的是,杨贵妃一回宫,唐玄宗便食欲大振精神焕发,又是设宴,又是演戏,且“左右暴有赐与”(《旧唐书》语)。一是笞挞,一是赐与,这也难怪左右侍候之人对贵妃娘娘奉若神明,希望她长留宫中了。

9

在杨玉环成为贵妃的第六年夏天,恩爱不减当年的唐玄宗和杨贵妃再一次来到了骊山。这冬暖夏凉景色秀丽的山庄对他们来说似乎是爱的行宫和情的圣殿,因为这里既是他们最初相见的爱的始发地,也是他们企盼永不分离的情的归宿处。据《杨太真外传》载:“天宝十载,侍辇避暑骊山宫。秋七月,牵牛织女相见之夕,上(与妃)凭肩而望。因仰天感牛女事,密相誓心,‘愿世世为夫妇。’言毕,执手各呜咽。”

这是李杨之恋中最感人的一幕。七夕,在夜深人静的骊山宫长生殿上,至高无上的皇帝与美丽无比的贵妃相依而立,默默地仰望深邃高远的夜空。微风吹着紫衫黄裙白发青丝，但拂不去他们心中的无限柔情和惆怅。牛郎织女能年年鹊桥相会，人间岁月却无法长久相守。他们对着天上的牛郎织女星，吟出了爱的千古绝唱：“在天愿作比翼鸟，在地愿为连理枝。”他们起誓相约：“愿世世为夫妇！”

当然，这“世世为夫妇”很可能是唐玄宗的提议。如果是杨贵妃先提出来，难免有高攀之嫌，而出自唐玄宗之口得到杨贵妃的响应就显得更为自然。但不管怎样，这毕竟只是一厢情愿的美好愿望，是触景生情的心灵安慰，是情到深处的痴言呓语。因为即使贵为帝王，也只能把握今生而无法支配来世，有时连今生也不一定能完全把握。在现实面前，愿望常常是虚幻的；在生死面前，感情也总是脆弱的。

“愿世世为夫妇”的余音似乎还在长生殿上绕梁回响，考验恩爱与生死孰轻孰重的砝码转眼就无情地摆在了他们面前。如果说这誓言最初是唐玄宗的提议，那么现在也就由他来进行最终的演绎。

“渔阳鼙鼓动地来，惊破霓裳羽衣曲。”天宝十四载（公元755年），安禄山起兵造反，久无战事因而备显松弛的大唐顷刻陷入一片恐慌之中。

沉湎声色厌倦朝政的唐玄宗被这动地而来把大唐的基石震得摇摇欲坠的鼙鼓声所惊醒，当年中兴之主的豪气似乎又在胸中升腾，七十高龄的他心血来潮决定率兵亲征，而把朝政交给太子李亨监管。他对宰相杨国忠和朝臣们说：“朕在位垂五十载，倦于忧勤，去秋已欲传位太子；值水旱相仍，不欲以余灾遗子孙，淹留俟稍丰。不意逆胡横发，朕当亲征，且使之监国（君主

外出时，太子留守代管国事，称监国；君主本身尚在而准备传位于嗣子，嗣子也往往先称监国，尔后称帝）。事平之日，朕将高枕无为矣。”（见《资治通鉴》）

唐玄宗准备让太子监国的决定让杨国忠大为惊恐。

一朝天子一朝臣，如果太子监国继位，接下来起用的就是另一拨人马了，这就没有好不容易登上相位的杨国忠什么事了，所有的权势和地位都将失去。而更让杨国忠担心的是，他和前任宰相李林甫一样，与太子积怨甚深。太子掌握权力后对他来说不光是失去权势地位，还很可能是危及身家性命。惶惶不可终日的杨国忠对家人和杨氏姊妹说：“我等死在旦夕。”（见《杨太真外传》）

唐朝皇位的继承，向来莫测多变。太子李亨已四十多岁了，但是否能最终继位仍是未知数。当然，这跟唐玄宗自己不想放权有关，也跟李林甫杨国忠等人先后屡进谗言有关。李亨虽贵为太子，但在宫廷倾轧的险恶处境中，必须事事小心，处处设防，因为稍有不慎就会大祸临头，重蹈前面几位皇子的覆辙。为避免受牵连遭陷害，李亨曾两次被迫弃妃以求自保。对屡屡想摘掉他太子帽子的李林甫和杨国忠，李亨表面上虽没有与之进行公开的抗争，但内心深处肯定是视若寇仇恨之入骨。

经过多年的韬光养晦和苦苦等待，李亨知道现在机会终于来了。太子监国意味着什么，李亨同杨国忠一样清楚，而且李亨知道这次即使大权在握的宰相杨国忠也无法阻挡他迈向权力顶峰的步伐。然而，让李亨想不到的是，向来不干涉朝政对他既无好感也无恶意的杨贵妃出面施加了巨大的影响力。时到如今，能让唐玄宗收回成命的，大概也只有杨贵妃了。

据说,杨国忠自从当上宰相后,极少有事麻烦杨贵妃,而杨贵妃也始终恪守着后宫不干涉朝政的规矩。但这次情况不同,它关系到整个杨氏家族的兴衰存亡,于是杨国忠在万般无奈之下只得求助于杨贵妃。他让几位能出入后宫的杨氏国夫人去找杨贵妃,请她看在杨氏家族的分上伸出回天之手力挽狂澜。

杨贵妃当然清楚太子监国会给杨氏家族带来怎样的后果。同时,她也不得不考虑自身的前景,太子即了位,不是皇后因而也不会是太后的她无疑会处境尴尬;即使唐玄宗还在,后宫的主人也必定另有所属,至少她杨贵妃是不能再随心所欲唯我独尊了。虽然这样的局面迟早会来临,但眼下杨贵妃还不希望它出现。另外,杨贵妃也不愿与天天在一起的唐玄宗分离,让垂垂老矣的皇上力不从心地奔赴难料结果的战场。由于以上这些原因,杨贵妃是力劝唐玄宗不要亲征。效果如何呢?《旧唐书》上有这样一段记载:"河北盗起(指安禄山造反),玄宗以皇太子为天下兵马大元帅,监抚军国事。国忠大惧,诸杨聚哭,贵妃衔土陈请,帝遂不行内禅(唐玄宗于是不禅让皇位了)。"

"衔土请命"是古代臣下以死相谏的一种形式,即口衔黄土,叩首哀告,不达目的宁死不起。这里是说杨贵妃借古人衔土请命的方式恳请唐玄宗收回成命,不再亲征。

其实,杨贵妃想让唐玄宗回心转意,根本用不着口衔黄土模仿愚臣所为。两个亲密无间心心相印愿世世为夫妇的人,何须用如此生分又如此不堪的方式去沟通和诉说呢?如果娇艳妩媚的杨贵妃流着泪说不愿与唐玄宗分离,对杨贵妃情有独钟百依百顺的唐玄宗还迈得开亲征的步子么?或许,"衔土陈请"只是拼命劝说的一种比喻吧。

不管是衔土还是含泪，反正杨贵妃的劝说起了作用，本来就为情势所迫才勉强做出这样决定的唐玄宗不再提亲征一事。唐玄宗留在长安，军政大事当然也就不用李亨操心了，太子监国成了一张不知何时才能兑现的空头支票。

这下，杨国忠及杨氏家族是暂时安心了，但太子与杨贵妃却由此结怨。

阻止唐玄宗亲征是杨贵妃唯一一次有史籍记录的干预朝政，而就是这唯一的一次，让她付出了极其沉重的代价。

10

由于开始的无所作为造成良机错失，也由于尔后的错误决策导致潼关失守，安禄山的兵马长驱直入，长安终于成了无安可言的危城。

天宝十五载六月十三，羞于见天日的唐玄宗带着杨贵妃在晨雾的掩饰下仓皇出逃。他们预定的避难地是蜀中，因为杨国忠兼任剑南节度使，去了以后便于指挥和调度。从长安到蜀中路途遥远，从未经受过如此艰辛奔波与凄凉处境的唐玄宗和杨贵妃此时在想什么呢？洪升在戏剧《长生殿》中替唐玄宗代拟了一段感受：“匆匆的弃宫闱珠泪洒，叹清清冷冷半张銮驾，望成都直在天一涯。渐行来渐远京华，五六搭剩水残山，两三间空舍崩瓦。”在洪升眼里，沦落到如此狼狈境地的唐玄宗对杨贵妃仍是一往情深关爱有加：“在深宫兀自娇慵惯，怎样支吾蜀道难！愁杀你玉软花柔，要将途路趱。”

中午时分，唐玄宗等一行人马来到了咸阳望贤宫。才离开长安四十里，让唐玄宗始料不及的事情就接踵而至。先前派出沿途接驾的内侍监宦官王洛卿不在望贤宫，事情没办一件就开了小差；咸阳县署空空荡荡，县令早已闻风而逃，以致大队人马的中饭都没有着落。贵为宰相的杨国忠此时成了黄门采办，匆匆去路边买了一些以往在宫中是上不了台面的粗食——胡麻制的蒸饼，才使一大早起程的唐玄宗和杨贵妃得以草草果腹。

下午继续西行，至夜半才到距长安八十多里的金城。金城原名始平，因金城公主远嫁吐蕃，皇室成员送行至此才依依惜别，故始平改称金城。金城县令此时已不知去向，城中百姓也大都逃亡，因此眼前的情景比咸阳更糟。随行军士奔波一天膳宿无着，于是怨声四起，失控局面随时可能发生。

第二天中午，唐玄宗等人来到距长安一百多里的兴平县马嵬坡。之所以在马嵬坡驻跸，是因为马嵬坡有一个官方设立的机构——驿亭。唐玄宗和杨贵妃在驿亭刚刚落脚，一件早已有预兆，但唐玄宗和杨贵妃包括杨国忠却怎么也想不到的事情，终于发生了。毫不起眼名不见经传的马嵬坡从此屡入史册名扬天下。

禁军首领龙武大将军陈玄礼认为大唐皇朝出现如此不堪的局面，都是杨国忠惹的祸，因此准备杀杨国忠以谢天下。《旧唐书》载：“及安禄山反，玄礼欲于城中诛杨国忠，事不果……至马嵬坡，军士饥而愤怒，龙武将军陈玄礼惧乱，先谓军士曰：‘今天下崩离，万乘震荡，岂不由杨国忠割剥氓庶，朝野怨咨，以至此耶？若不诛之以谢天下，何以塞四海怨愤！’众曰：‘念之久矣。事行，身死固所愿也。’”

说以上这番话的陈玄礼哪里是“惧乱”，分明是在煽风点火挑唆激将唯恐局面不乱。

然而杀当朝宰相毕竟是灭九族的大罪，即使是在这样的非常时期，胆大如陈玄礼者也不敢独自妄为。他需要寻求强有力的后台和得到某种形式的支持，而与杨国忠有隙的太子正好有可能成为此事的幕后势力。当然，也许这件事情本来就是同太子帮的人商量合谋的。因为陈玄礼有可能看不惯杨国忠的“割剥氓庶”，但作为得到皇上信任的禁军首领与得到皇上支持的宰相之间没有根本利益冲突，倒是太子帮的人早把杨国忠视为前程障碍，必欲除之而后快。

种种迹象表明，在逃亡途中与唐玄宗保持一定距离的太子李亨，事先知道杀杨国忠的阴谋。关于这一点，为尊者讳的《旧唐书》也没有回避：“从幸至马嵬坡，禁军大将陈玄礼密启太子，诛国忠父子。”而《资治通鉴》记得更为详细：“陈玄礼以祸由杨国忠，欲诛之。因东宫宦者李辅国（通过东宫宦官李辅国）以告太子，太子未决。”

《资治通鉴》说太子没有直接表态，这是可信的。在险恶环境中好不容易站稳脚跟的李亨，深知宫廷斗争的错综复杂和反复无常，因此对这种事情他怎么会表态，怎么能表态呢？而陈玄礼等人知道，“未决”其实就是默许和支持。因为照常理，听到这种事情太子应该明确表示反对，至少是阻止这种目无王法的举动，（《资治通鉴》载，御史大夫魏方进见有人杀杨国忠，就忍不住大叫：“汝曹何敢害宰相！”）而不置可否无疑是放纵和默许。

明白了太子的态度后，陈玄礼等人大胆行动了。

11

事情的起因仍是由于逃亡途中的安排不周。当时跟随皇室逃亡的二十几个吐蕃使节因得不到起码的膳食供应，于是拦住宰相杨国忠要求给予解决，而在一旁伺机的军士见此大叫："国忠与胡虏谋反！"紧接着一哄而上，把毫无防备的杨国忠杀了。军士们杀杨国忠父子后，又迅速把唐玄宗和杨贵妃住的驿亭包围了。

从军士们有条不紊的行动步骤来看，"贵妃不宜供奉"或许就是整个阴谋的一部分。《资治通鉴》载："军士围驿，上闻喧哗，问外何事？左右以国忠反对（旁边的人以国忠谋反回答）。上杖履出驿门，慰劳军士，令收队。军士不应。上使高力士问之，玄礼对曰：'国忠谋反，贵妃不宜供奉，愿陛下割恩爱正法。'上曰：'朕当自处之。'入门倚杖倾首而立。久之，京兆司录韦谔前言曰：'今众怒难犯，安危在晷刻，愿陛下速决。'因叩头流血。上曰：'贵妃常居深宫，安知国忠谋反？'高力士曰：'贵妃诚无罪，然将士已杀国忠，而贵妃在陛下左右，岂敢自安！愿陛下审思之，将士安，则陛下安矣。'上乃命力士引贵妃于佛堂缢杀之。"

当时，唐玄宗听到外面的吵闹声并不知道出了什么事，询问之下才知道发生了兵变，军士们以杨国忠谋反的罪名把他杀了。唐玄宗当然清楚杨国忠不可能谋反，但面对杀气腾腾一口咬定杨国忠谋反的士兵，唐玄宗只能顺水推舟地接受这既成的事实；而"慰劳军士"的目的，是"令（其）收队"。没想到军士们置若罔闻，仍死死地围困驿亭。大惑不解的唐玄宗让高力士去了解一下军士们还想干什么，陈玄礼站了出来，他对唐玄宗说，杨国忠谋反，贵妃也不宜再伺奉皇上，希望皇上就此割爱正法。宰相被杀已让唐玄宗猝不及防不知所措，现在连贵妃都不能幸免更让唐玄宗大惊失色万难接受。已需拄杖而立的唐玄宗在人生的暮年唯一不能失去的人就是杨贵妃！惊愕之余，唐玄宗佯作镇定地说，这事我自己会处理的。言下之意是用不着陈玄礼来告诉他该怎么做。

在驿亭门口进行着事关杨贵妃生死的对话的时候，杨贵妃本人在干什么呢？马嵬驿不会很大，即使有几个房间，杨贵妃也必定是与唐玄宗待在一起的。唐玄宗听到外面的喧哗声问出了什么事时，并不知道杨国忠被杀，因而也不会特地回避杨贵妃。因此手下人的回答杨贵妃应该是同样听到的。这也就是说，在唐玄宗出去慰劳军士时，杨贵妃已知道杨国忠被杀了。兵变如匪。担心事态进一步发展的杨贵妃肯定会关注驿门外的一举一动，并可能听到了那即将决定她生死的对话。也许，正因为杨贵妃知道了这件事情的来龙去脉和自己生命的难以挽回，她才会说："愿大家好住，妾诚负国恩，死无恨矣。"（见《杨太真外传》）

并没有负国恩，只是受牵连而成为宫廷斗争牺牲品的杨贵妃，真是死而无恨吗？抑或是面对无奈负前盟的唐玄宗故意反话正说？

唐代诗人刘禹锡在《马嵬行》中写道："绿野扶风道，黄尘马嵬驿。路边杨贵人，坟高三四尺。乃问里中儿，皆言幸蜀时。军家诛戚族，天子舍妖姬。群吏伏门屏，贵人牵帝衣。低回转美目，风日为无晖……"

当唐玄宗面无血色地回到驿亭中，他知道他将面临的是自己一生中最难做出的选择与决断。《杨太真外传》载:“(唐玄宗)不忍归行宫(驿亭),于巷中倚杖欹首而立。圣情昏默,久而不进。”如果说杨国忠等人是在他不知情的情况下被杀的,他想挽求也来不及了;那么,现在杨贵妃将由他来被迫下令处死,他怎么开得了这违心又残忍的圣口呢?这也难怪惯于发号施令的他“圣情昏默,久而不进”了。

而已知命将不保的杨贵妃见到唐玄宗,完全有可能像诗中写的那样,手牵帝衣眼转美目,企盼唐玄宗带给她生的希望。或许,杨贵妃的这些情理之中自然流露的举动,本来就是“里中儿”——这些不知深浅又顽皮好奇的村里孩子的亲眼所见。

那么接下来的问题是,唐玄宗在当时到底能不能救杨贵妃?

12

从高力士等人劝唐玄宗速决的危急程度来看,唐玄宗如果迟迟不下令处死杨贵妃,不但驿亭外军士的围困难解,而且连唐玄宗本人都有生命危险。已大开杀戒的军士一旦冲进驿亭,后果就不堪设想,刀枪之下谁知你是真命天子还是罪魁祸首?所以高力士等人根据眼下这危险的局面,希望唐玄宗忍痛割爱满足军士的要求,因为“将士安,则陛下安矣”。

然而,如果已说过“朕当自处之”的唐玄宗坚持不下处死杨贵妃的命令,军士们真的会冲进驿亭杀死唐玄宗么?

杀杨国忠围困驿亭看似军士们自发的行动,实际上是有人指使和指挥。而这一切与已向太子作过汇报的陈玄礼绝对脱不

了干系，至少作为禁军首领的陈玄礼此时还镇得住围驿的军士。如果把整个事件看成是一次有预谋的行动，那么杀唐玄宗肯定不是计划中的一部分。即使唐玄宗不予配合，作为潜在指挥者的陈玄礼也下不了弑君的决心。陈玄礼与唐玄宗的关系非同一般。陈玄礼当初任果毅都尉时，曾跟李隆基起兵除韦后，为李隆基登上皇位立下过汗马功劳，以后一直受到唐玄宗的信任和重用，否则也就不可能长期担任指挥禁军的龙武大将军了。

当然，也不能完全排除失控局面的发生。唐玄宗如果坚持把杨贵妃留在身边，担心日后遭报复的军士也有可能一不做二休，索性把唐玄宗和杨贵妃都杀了。

综上所述，在唐玄宗能不能保住杨贵妃这个问题上，只能说不下令处死杨贵妃，唐玄宗会冒被杀的风险，而不是必死无疑。就像《长生殿》里扮唐玄宗的生角唱的那样："我当时若肯将身去抵搪，未必他直犯君王；纵然犯了又何妨，泉台上倒博得永成双！“

虽然，杨贵妃牵帝衣流露出生的渴望，转美目能让风日无晖，但唐玄宗在围驿军士的胁迫和朝臣的劝说下，为了保自身和皇权（皇权并没有保住，受人拥戴的太子紧接着就另立山头了）而彻底辜负了与之有山盟海誓的杨贵妃。

在以后的岁月里，因身边没有了杨贵妃，唐玄宗是郁郁寡欢后悔不已。白居易在《长恨歌》里对唐玄宗此后凄凉孤寂的处境作了真切的描绘："行宫见月伤心色，夜雨闻铃肠断声……归来池苑皆依旧，太液芙蓉未央柳。芙蓉如面柳如眉，对此如何不泪垂？春风桃李花开日，秋雨梧桐叶落时。西宫南苑多秋草，落叶满阶红不扫。梨园弟子白发新，椒房阿监青娥老。夕殿萤飞思悄然，孤灯挑尽未成眠。迟迟钟鼓初长夜，耿耿星河欲曙天。鸳鸯瓦冷霜华重，翡翠衾寒谁与共？悠悠生死经别年，魂魄不曾来入梦！”

从蜀中归来大权旁落成为太上皇的李隆基，对杨贵妃无法忘怀，特地请宫廷画师王文郁画过一幅杨贵妃的像，据说画得惟妙惟肖，就像真人一般。恍惚中的李隆基还以为见到了久别重逢的心上人，直到走近发现面前的杨贵妃虽毕肖酷似，但那双美目却再也不会灵活地转动了。李隆基常常对着画像老泪纵横，一坐就是半天。为了追忆曾经有过的美好时光，他还题写过一篇《贵妃像赞》：“万物去来，阴阳反复。百岁光阴，宛如转毂。悲乐疾苦，横夭相续。盛衰荣悴，俱为不足。忆昔宫中，尔颜类玉。助内躬蚕，倾输素服。有是德美，独无五福。生平雅容，清缣半幅。”（见《全唐文》卷四一）

尽管唐玄宗后来是如此伤心后悔，但在当时，舍妃自保是他无奈而又必然的选择。有人说：“唐玄宗到底还是皇帝……没有什么割舍不下的，虽然心痛，但再让他选择一次，估计仍然是这样的结果。”（见徐磊的《大唐惊变》）

诗人袁枚对此作如下评论：“到底君王负前盟，江山情重美人轻；玉环领略夫妻味，从此人间不再生。”李商隐说得更为尖锐：“君王若道能倾国，王辇何由过马嵬？”“如何四纪（一纪为十二年）为天子，不及卢家有莫愁！”

关于与皇室一道出逃的杨家其他人情况，《杨太真外传》中有这样的记载：“是时虢国夫人先至陈仓之官店。国忠诛问至（杨国忠被诛的消息传到后），（陈仓）县令薛景仙率吏追之。走入竹林下，以为贼军至，虢国先杀其男徽，次杀其女（虢国夫人

把自己的儿子和女儿都杀了)。国忠妻裴柔曰:'娘子何不借我方便乎?'(娘子何不借你之手让我也不费周折地死呢?)遂并其女杀之(于是把裴柔母女都杀了)。已而自刎,不死。载于狱中,犹问人曰:'国家乎?贼乎?'狱吏曰:'互有之。'(这回答也真是绝了。)血凝其喉而死。”不管虢国夫人以前是如何轻佻风流飞扬跋扈,此时不想落入贼手受到玷辱的她面对绝境确实像个视死如归的女中豪杰。

据《杨太真外传》载,唐玄宗下了赐死的命令后,杨贵妃是“泣涕呜咽,语不胜情”。她提出的最后一个要求是“乞容礼佛”。而唐玄宗的临别赠言是“愿妃子善地受生”。

杨贵妃在这最后的时刻提出要求拜佛,是因为驿亭旁正好有佛堂,想请菩萨保佑;还是为了拖延时间,等待唐玄宗像以往一样因不忍与她分离而冒险收回赐死的命令?

此时此刻,杨贵妃可能会想到长生殿上的七夕誓言,而唐玄宗是否也会想到?既然在自身安危和恩爱情感中选择了前者,唐玄宗就是没忘记那誓言,在牛郎织女眼中也是薄情郎负心汉。因为连此生都无法长相守共生死,何谈“世世为夫妇”!白居易说的“此恨绵绵无绝期”,是否也包含了杨贵妃恨自己的真情痴心到头来付给了无情的流水?

从另一个角度来看,曾被唐玄宗度为道士称为太真的杨贵妃这辈子该信奉的是道教,而临终提出“礼佛”,是有意向唐玄宗表明要改换门庭,还是在万般无奈之下把最后的希望寄托在与道无涉的佛的身上?

佛堂前的歪脖子梨树见证了一代佳人跨越阴阳两界的最后步伐。《新唐书》对杨贵妃的最后时刻作了这样的记述:“帝不得已，与妃诀。引而去，缢路祠下，裹以紫褥，瘗于道侧。年三十八。”据说杨贵妃受缢时痛苦蹬踏遗下一只锦袎(后人一般以锦袜简称之，其实袎在字典里的解释是靴或袜的筒儿)，被马嵬坡开店的一位老婆婆捡到了，“高力士缢贵妃于佛堂前梨树下，马嵬坡店媪收得锦袎一只，相传过客每一借玩，必须百钱，前后获利极多，媪因至富”(见《唐国史补》)。让人觉得不可思议的是，除了这只锦袎和尔后唐玄宗想改葬杨贵妃时挖掘出来的香囊，留下情天恨海的杨贵妃竟羽化了似的在人间消失得无影无踪！

题外传说

关于杨贵妃还有许多传说，其中最富传奇色彩的就是她的生死之谜。

杨贵妃并没有死在马嵬坡的传闻在唐时就有了，而白居易的“马嵬坡下泥土中，不见玉颜空死处”似乎也印证了这种说法。于是本来就不愿美人死于非命的人们便相信杨贵妃在马嵬坡是幸运地逃脱了，用南宫博先生的话说是：“民间传说，有时却比历史更吸引人和更令人愿意相信。”(见南宫博《马嵬事变和杨贵妃的生死之谜》)

那么，杨贵妃究竟有没有可能在马嵬坡逃脱呢？分析当时的情景，这种可能性是存在的，虽然可能并不等于事实。

首先，被迫下令的唐玄宗有救杨贵妃的强烈愿望和客观条件。当时，军士包括陈玄礼都在驿亭外，这就为驿亭内的秘密举动和偷梁换柱提供了可能。如果找一个貌似贵妃的侍女代替，宣布贵妃已死，在军士中是很容易蒙混过去的。在这一过程中，

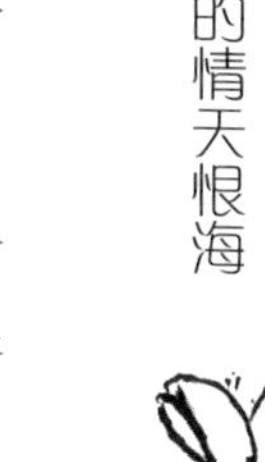

令人觉得反常的是唐玄宗竟主动提出让陈玄礼等人来验证贵妃之死,“舆尸寘驿庭,召玄礼等入视之。玄礼等乃免胄释甲,顿首请罪”(见《资治通鉴》)。以贵妃之尊,处死后让臣下验之,这对懂得宫廷礼仪了解皇室尊严的陈玄礼来说当然会觉得是一种亵渎和大不敬,需要“免胄释甲,顿首请罪”了。即使陈玄礼遵诏验证,估计也只是装装样子走走形式,尔后告诉驿外军士贵妃已死,而不会认真察看;退一步说,如果当时验证时有一两个军士派出的代表在一旁,也没什么大问题。因为军士很少有近距离见到贵妃的机会, 现在驿庭中躺着一个裹紫褥的年轻女子,谁会怀疑她是冒名顶替者呢?

对唐玄宗来说,主动提出让人验证,唯一可以解释的原因是希望军士相信贵妃已死,以便尽快解围启程,否则就是此地无银三百两了。问题是当时军士并没有提出要验明正身,而唐玄宗偏要多此一举,只能说明是担心军士会认为弄虚作假瞒天过海没有真的处死杨贵妃。既然会产生这样的担心,可见确实存在着这种可能,至少是想到过诸如让人代为赴死等方法。

其次,高力士等人在行刑时手下留情,有意让杨贵妃逃过一劫。这辈子处处顺着皇帝意志办事的高力士当然清楚唐玄宗是万分不愿处死杨贵妃的,被迫下令无非是为了“将士安,则陛下安”,撑过眼前这危险局面。因此能让杨贵妃处而不死肯定是唐玄宗的愿望,也是他高力士希望办到也可能办到的事情。高力士知道,作为帮手的这些内侍们都不希望杨贵妃死。原因是“杨贵妃待人仁厚,宫中侍从对她有深厚的感情,遇到这样的事情,设法救援,应是情理之常”(见南宫博《马嵬事变和杨贵妃生死之谜》)。

第三，侥幸的死而复生。在膳宿都安排不周的逃亡队伍中不可能配有专门负责宫廷行刑的刽子手，因此处死杨贵妃的实际执行者是以服侍人见长而杀人完全外行的宫廷内侍。如果慌乱匆忙再加上于心不忍，便很可能缢至气绝昏迷而未真正毙命。大队人马离开后，杨贵妃苏醒或被留下料理后事的内侍宫女救醒，从而死里逃生。

杨贵妃逃脱后去了哪里？有人说是去了营山（今属四川南充）的太蓬山，那里至今还有杨贵妃的古墓。还有人说是去了河南灵宝（杨贵妃的祖籍据说就是在河南灵宝豫灵镇的杨家村）。1984年文物普查时，杨家村的村民说曾在黄河滩边捡到过杨贵妃的石刻墓志。更有人说是去了日本，说白居易诗中的“海上仙山”就是指日本。而俞平伯先生却认为：“据白居易《长恨歌》所述，杨贵妃当时流落到了女道士院，并没有去日本。”（见俞平伯《论诗词曲杂著》）

让人想不到的是，1963年，一位日本少女在电视上宣称，她是杨贵妃的后裔，并出示了她的家谱等文字材料，一时引起轰动。竹内好主编的《中国》杂志对此曾有详细的介绍。

日本现有杨贵妃墓两座，一座在荻町的长寿寺，另一座在久津的二尊院。也有不少关于杨贵妃在日本的文字记载，可靠与否不得而知，但存在久远却是事实，只是说法略有不同：一说是杨贵妃东渡时，侍从大都死去，而杨贵妃到日本后不久也死了；另一说是杨贵妃到日本后受到礼遇，还有后代留下；再一种说法是杨贵妃到日本后仍思念故土，曾托日本遣唐使带讯给唐玄宗。

1984年第五期《文化译丛》刊登的日本人写的《中国传来

的故事》中有这样一段文字:“唐玄宗平定安禄山之乱,回驾长安,因思念杨贵妃,命方士出海搜寻,至(日本)久津向杨贵妃面呈佛像两尊。贵妃则赠玉簪以为答礼,命方士带回献给玄宗。虽然互通了消息,但杨贵妃未能回归祖国,在日本终其天年。”正像此文的题目叫“中国传来的故事”,“方士出海搜寻”等情节估计是根据白居易的诗句铺陈引申的,因此“在日本终其天年”只能姑妄听之,当不得信史。

2000年,陕西女作家叶广芩在中央电视台《百家讲坛》上讲课,题目是“杨贵妃下落之谜”,现把她在日本的见闻摘要如下:

“前年,我在日本。有一天坐着大轿车参加旅行团旅行,因为我坐在前面,忽然发现前面路上有一个大的交通标牌,上面写着杨贵妃故里,地点是山口县。我很奇怪,杨贵妃怎么到这儿来了?可是路边呢,杨贵妃商店,杨贵妃酒馆,杨贵妃宾馆,什么都有——回住地后我查了资料,原来这个地方叫山口县久津半岛油谷町村。当时我就通过朋友和油谷町村联系,我说我想看看杨贵妃在你们这儿是怎么一个情况。于是有一天我就去了……他们告诉我说杨贵妃在这儿还有后代,后代姓八木;他们说杨贵妃墓就在二尊院里。我说那我去看看,就到二尊院那边。这个二尊院的建筑跟我们中国是非常近似, 亭子都是中国式的亭子,里面也有石头的雕像。这个雕像是我们西安的工匠到油谷町来雕的,它的样子和马嵬坡的一模一样,但比马嵬坡的雕像要瘦一点,因为日本人不能接受杨贵妃是胖美人……我找到了二尊院的长老,我说杨贵妃在你们这里埋着,有什么证据呢,当时他就拿出了两本书,蓝布的面,油麻纸里边墨笔直书,说是二尊院五十五世长老慧学记录下来的东西,里面说‘天宝十五年七月，唐玄宗爱妃杨玉环乘空栌舟于久津唐渡口登岸，登岸后不久死去，里人相寄，葬于庙后’。……空栌舟是没有橹的舟，没有橹的舟能从中国到日本吗？这是怎么过来的？我们看看唐朝历史，鉴真和尚东渡日本，渡了多少次？最后双目都失明了，才渡过去。我说没有橹的舟能渡过去，这有点神话了。但这个长老说这不是神话，我们油谷町是一个非常特殊的地方。他建议我到那个唐渡口去看一看……在唐渡口我看到的是什么呢？那么干净的日本，但是在海滩上遍布着垃圾。这些垃圾仔细一看，我大吃一惊，全是中国的垃圾，有我们海飞丝洗发膏的空瓶子，有农夫矿泉水的瓶子，还有我们中国妇女穿的布鞋。他们说这是一股海流，从中国来的海流……有三四个日本老太太在那儿拣垃圾，她们告诉我说有的时候在这儿还真能捡到点好东西。他们告诉我说，杨贵妃就是借助这股海流漂到这儿来的……为什么这里叫唐渡口呢？武则天建立周朝，对唐宗室迫害，很多的唐朝贵族逃难，就是借助这股海流，逃到油谷町村，从这儿上岸，于是这里就叫唐渡口。就是说在唐代这儿经常有中国人过来。这个观点是日本山口大学一位教授的观点。这些为杨贵妃在日本登陆提供了一个历史背景。”

如果杨贵妃在马嵬坡逃脱了，那她是怎么到海边然后东渡日本的呢？对此，叶广芩也作了一番考证：“杨贵妃逃亡只有一条道路，(从马嵬坡)到陕西周至，到周至怎么走？她不可能追随唐玄宗从汾州到剑阁，到四川，她不能这么走。跟在皇上后面走，那危险太大，但是她也不可能再退回来回到长安，那时长安一片混乱。她所走的道路只有一条，就是周至的傥骆道。傥骆道从周至县的骆口驿，现在叫骆口村，进山，穿越秦岭，从陕西洋

县穿出来。她走的就是这样一条蜀道……这条道路我从上世纪八十年代到2000年大概前后走了六次，把它考察了一遍。因为它荒废得最早，所以保留得最完好，沿途有各式各样的石刻。所以说，杨贵妃有可能沿着这条傥骆道从骆口驿进来，洋县出去，沿着汉口南下，然后到长江，再往南到海边。”(同上)

南宫博先生认为：“如果杨国忠的儿子或孙儿女有人出逃，以杨氏之权势，在混乱中，找庇护者亦非大难——因此，杨国忠后裔逃亡者之一二支或一二人，在道路上与杨贵妃相合，再由某种机缘而合于日本遣唐使，因而东渡，在情理上，也不相悖。再者，杨国忠为相日，其子杨昢为鸿胪寺卿(相当于外交部长)，对诸蕃外使及日本遣唐使等待遇殊优，日本使者在长安者，与杨氏亦必有相当情谊，危难之际救助浮海，亦为人情之常。”(见南宫博的《马嵬事变和杨贵妃生死之谜》)

当然，以上的种种假设，都要以杨贵妃在马嵬坡逃脱为前提，而正史明确记载杨贵妃是在马嵬坡被处死了。虽然现在在马嵬坡的杨贵妃墓也是后人造的，而且连衣冠冢也称不上，但在没有确凿证据证明杨贵妃客死他乡的情况下，马嵬坡应该是杨贵妃的最后归宿地。

南宫博先生经过考证，在《马嵬事变和杨贵妃生死之谜》一文中得出的结论是：“至今在日本自称杨贵妃后裔之人(包括那位在电视上露面的少女以及著名影星山口百惠)，应为杨国忠的后裔。”

跋

那次，在西安开会，会后去了一趟兴平县马嵬镇的杨贵妃墓园。因是下午，几乎没有游人，杨贵妃的墓前静悄悄的。

我知道这墓连衣冠冢都称不上，想当年唐明皇要改葬杨贵妃也只找到了一个香囊，因此这墓无非是后人空垒的一个土堆。现在用水泥一包，更失了该有的古韵和意蕴。墓后不远处那据说是汉白玉雕的杨贵妃塑像也不怎么样，至少在我看来是缺乏灵气。但墓园管理人员告诉我，这里就是当年马嵬驿的原址。因为无从考证，所以也无法验证她这话的可信度。如果这里真是当年马嵬驿的原址，那杨贵妃短暂一生的最后时光就在这里度过并永久定格；如果这里真是当年马嵬驿的原址，这墓即使纯粹是个土堆还是值得在它面前默默地站一会。

时光跨越千年，一切都消失和改变了，就连马嵬坡也成了几乎没坡的热闹小镇。也许，只有墓园上面的这方天还是原来俯视驿站兵变的那方天。我抬头仰望，无云的天空高远深邃，偶尔有一只鸟飞过，不知是雁是莺还是雀。

《红颜宿命》是一本读书随笔。最初一组“水浒中的女性”是为报纸读书版写的专栏文章，刊发后反响还不错。一个当时还素不相识后来成为朋友的出版社编辑打电话到报社，询问作者是谁。

我问他有什么事。他说用现代视角和当代语言论述古籍的书在读者中有市场。于是我们进行了深入的探讨。当他知道我订阅《红楼梦学刊》多年,并收藏包括脂评本在内的多种版本,对《红楼梦》很感兴趣后,建议我写一本《古典四大名著中的女性》。

这应该是一个不错的选题,但细细一想,又觉得不妥。首先,《红楼梦》中的女性虽然个个都能展开来说一通,但《红楼梦》中的女性哪一个没被深入地论述探讨过呢?浅陋如我者即使花了大力气也难写出哪能怕是一点点新意和创见。心存敬畏,只能三缄其口。其次,《西游记》是神话小说,书中的女性留下较深印象的只是一些妖精。虽然这些妖精也有七情六欲,但论说起来似乎总缺乏人间的情趣和感慨。再次,《三国演义》中展开来写的女性不多,能评说一番的更少。剩下的只有《水浒》了,但光谈《水浒》中的女性毕竟单调。于是索性推而广之,不管是文学名著还是史书传记,也不管是虚构人物还是历史人物,只要是涉猎到的古籍中,有自己觉得有话要说有话可说,或与已有的定论看法不完全相同的红颜薄命女子,便作为论说的对象。

范围大致确定了,但一拖就是五六年,连当初的那位编辑都不当编辑了。工作忙是一个原因,找资料也是一个很费工夫的过程,而且业余时间写东西总是断断续续,就是情绪的衔接都会成行文的障碍。有时资料找齐了,但翻来覆去看了就是找不到落笔的视角和可说的观点,只好放弃。有时要写的人物确定了,也开始动笔了,但某一点读不通说不清,便搁笔再去找更多的资料。比如宋徽宗去找李师师,《水浒》中说是从地道中去的。读到这里我总觉得有疑问,这怎么可能?为了弄清这个问题,查了许多资料,最后终于明白这地道是潜道的意思,也就是说宋徽宗是通过一条别人不能涉足的隐蔽小道去找李师师的。再比如,史书上说杨贵妃死后一年多,唐明皇派人去改葬,但“肌肤已坏,而香囊仍在”。香囊,三秦出版社2003年版的《唐杨贵妃》一书说是“唐代妇女的佩饰,以布帛缝为小袋,内装香料”。连肌肤都腐蚀了,布帛小袋还能完好?这违背常理的事情怎么会出现在新旧《唐书》和《资治通鉴》中?直到在法门寺看到了实物,我才知道唐代宫廷中的香囊原来是金属的,怪不得会“肌肤已坏,而香囊仍在”了。

读古籍,越是深入越会觉得古今相通。有段日子我感到笔下的人物几乎就在我面前,闭上眼睛就能看到她的音容笑貌和凄凉背影。虽然通过古籍描述传达给我的这些印象,也许跟作者心目中的形象和历史上的真实人物会有很大的差异,但我还是相信根据我所理解而产生的立体感觉。

读古籍,越是深入越会觉得气象万千。像写杨贵妃的这篇文章,来了兴致,竟越写越长,再展开来几乎可以单独成一本书了,但为了与全书的体例大致相符,只得打住。留下的内容,等以后有可能再另写一本书吧。

感谢宁波日报报业集团对本书出版的资助,感谢宁波晚报和宁波出版社领导的支持,感谢著名画家陈亚非先生在百忙之中为本书作了精彩的插图。

图书在版编目(CIP)数据

红颜宿命:古籍中的女性/蔡康著. —宁波:宁波出版社,2010.6

ISBN 978-7-80743-565-5

Ⅰ.①红… Ⅱ.①蔡… Ⅲ.①古典文学—女性—人物形象—文学研究—中国 Ⅳ.①I206.2

中国版本图书馆CIP数据核字(2010)第107248号

红颜宿命——古籍中的女性

作　　者	蔡　康
插　　图	陈亚非
责任编辑	陈金霞
装帧设计	吉祥文化
出版发行	宁波出版社(宁波市苍水街79号　315000)
印　　刷	宁波报业印刷发展有限公司
开　　本	787×1092毫米　1/16
印　　张	15.5
字　　数	170千
版次印次	2010年9月第1版　2010年9月第1次印刷
标准书号	ISBN 978-7-80743-565-5
定　　价	30.00元